TIANXING SHIKU
天星诗库

有度文化

安琪 著

你无法模仿我的生活

安琪诗选 1990—2021

山西出版传媒集团　北岳文艺出版社
BEIYUE LITERATURE & ART PUBLISHING HOUSE

·太原·

图书在版编目（CIP）数据

你无法模仿我的生活：安琪诗选：1990—2021 /
安琪著. 一 太原：北岳文艺出版社，2022.9
ISBN 978-7-5378-6610-1

Ⅰ.①你… Ⅱ.①安… Ⅲ.①诗集－中国－当代
Ⅳ.① I227

中国版本图书馆 CIP 数据核字（2022）第 156052 号

你无法模仿我的生活

安琪诗选 1990—2021

安琪◎著

出品人	出版发行：山西出版传媒集团·北岳文艺出版社
郭文礼	地址：山西省太原市并州南路 57 号　邮编：030012
	电话：0351-5628696（发行部）　0351-5628688（总编室）
选题策划	传真：0351-5628680
刘文飞	经销商：新华书店
	印刷装订：山西新华印业有限公司
责任编辑	
赵　勤	开本：787mm×1092mm　　1/32
	字数：217 千字
封面设计	印张：8.875
张永文	版次：2022 年 9 月第 1 版
	印次：2022 年 9 月山西第 1 次印刷
印装监制	书号：ISBN 978-7-5378-6610-1
郭　勇	定价：59.80 元

序言

每一位好诗人都有自己命定的规格
——关于安琪和安琪的诗歌

关于安琪和安琪的诗歌，我想从以下几个方面来看待：

其一，她是为当代前沿性诗歌写作氛围所激励，始终以加速度的状态以及抱负与雄心，纵身于前沿的写作。在从1990年代初至今的近三十年间，她的写作历经了三个大的阶段，在每个阶段都写出了自己的代表作，并为当代诗歌写作带来了某些新话题。与此同时，她几乎全方位地参与了当代诗歌的建设，且在诸多方面留下了重要印记。

其二，关于她诗歌的三个阶段：第一阶段，从1990年代初开始到2002年她在福建时期。这一时期的代表作较多，大致上以《未完成》《任性》《庞德，或诗的肋骨》《九寨沟》《轮回碑》《第三说》《加速度》等这些上百行近千行（如《轮回碑》）的中长型诗为主，以及《明天将出现什么样的词》这样的短诗。这既是她创作状态井喷式的爆发期，也表明了她的才华。而这种状态，又决定了她根本无法满足于地方性的诗歌环境，她要寻找更广阔的对话拓展空间。第二阶段，从2002年到2012年左右。她就是带着上述的雄心和抱负，前往北京闯世界的，但期望与现实之间却落差巨大。这是一个"漂"在北京的无家时段。坠身人海中的渺小感，使她从天马行空的诗歌高蹈，转入对小民角色的体认。其诗作从当代万花筒般驳杂信息的后现代整合，转向自己日常信息的记写。其诗作以《像杜拉斯一样生活》《父母国》《极地之境》为代表。第三阶段，从 2012 年左右到现在，结束了无家状态后在北京的适得其"所"。这一时段她的内外诗歌环境，几乎满足了她当年初闯北京时所有的想象。人们在诗坛上看到了一个无处不在的安琪。她的写作也进入了随心所欲的自由之境。其作品以诗作《白葡萄酒为什么也让人脸红》尤其是诗集《美学诊所》为代表。

其三，她三十来年的写作呈现为这样一条路径：从观念性的宏大文化写作，到收缩为人生自传性的写作，再放开为随心所欲、明心见性的写作。

所谓"观念性的宏大文化写作"，主要表现在 2002 年前的第一阶段。在这一阶段，安琪的心目中，一直存在着一个与她气质类型相对应的国内外重要诗人图谱，这些诗人，也是某种意义上她的精神导师或同类。这一时期她的主要写作动力，正是来自这类诗人的深度激发与调动。这也就是说，她一开始就以敏锐的辨识力和雄心，直取那些重要诗人给出的标高，并渴望与之并驾齐驱。

比如她在福建的长诗写作，先是与写出了诸如《诺日朗》的杨炼，写出了《太阳七部书》的海子等杰出诗人的文化史诗性写作相呼应；随后，她又对应出了一个更重要的人物——欧美诗歌史上被艾略特奉为导师的庞德。庞德最疯狂的癖好，就是在诗歌中将众多庞然大物式的物像乃至汉字，拆解打碎成意象的碎片，然后再对其精华做巨无霸式地提取与整合，以此形成一首诗歌的超量容纳和语言奇迹。而安琪，随后则在庞杂的当代文化信息碎片整合的向度上，强化了诗歌的语言魔方扭转，诸如"一个国家的军火在另一个国家发挥作用""一个国家的人民在另一个国家流离失所"等等这类诗句，几乎具有一种灵光突至、人力难为的奇幻。而这些诗歌在整体形态上，就像当下生存场景本身一样模糊混乱、一地碎片，而在局部和细节上，却有着凸显性的清晰。安琪正是力图以对这些缤纷碎片的整合，传递出当下生存场景中包罗万象的精神文化信息。

在第二阶段的北京时期，其诗歌主要表现为人生自传性质的写作。在诸如《你无法模仿我的生活》中，庞德式的碎片整合性写作仍在，但她又对应出了更为尖锐激烈的杜拉斯，并转向与当代口语诗歌的对接。这一时期她最具代表性、并在诗坛产生了重要影响的诗作，便是《像杜拉斯一样生活》。

而到了第三阶段，她则告别了此前所有的导师和同类，进入了随心所欲的自由写作空间。关于她前边两个阶段的写作，已经有许多人谈及，我想对她第三个阶段的写作多说几句。安琪这一时期的状态，似乎又迎来了一个新的井喷期，在某些采风性的诗歌活动中，我曾见识过她在手机上一天能写数首诗的疯狂。而这样的写作者，就我亲眼所见，还有好几位。这也应是当下诗歌写作中一个新的现象和话题。一方面，它显然与精雕细刻的传统写作崇尚背道而驰，但另一方面，它在古人的诗歌写作中，又同样可以找到依据，诸如苏轼的"作诗火急追亡逋，清景一失后难摹"所强调的，就是要抓住即时即景中这一灵感的闪电。那么安琪的这种写作靠谱吗？这里可以她写于2013年的《在回京的飞机上回望成都》这一显然也是即时性的写作为例，诗中的这个"你"，如果我没猜错的话，应该是安琪与我共同的朋友、雄辩而厚道的诗歌评论家杨远宏。正是1999年，我们在四川一个诗歌活动中相逢，并有过激情飞扬的诗歌争辩。但就是在2012年前后，他却为突然的脑血管病而击残。而安琪这首似是飞速写就的诗作，既是见到故人所引发的，对于自己当年叛逆青春的缅怀与感伤；又是从故人突然的人生变故，对于人生和命运一瞬间的参透。呈现出一种直入人心的痛楚和尖锐。的确，安琪的诗思雄劲，即使面对任何一个其他人都写过的同类题材，她都能不落俗套，另有发现。她这一个时期的诗作，大都呈现为心灵中电光一闪的顿悟和发现，很少再有前期那类朝着某个观念奔赴的刻意之作，因此，似乎不如以前那样的特别响亮。这因而引发了一些惋惜或诟病，认为她假若慢下来再经过反复打磨，当会使作品更有分量。但在我看来，一个真正进入自己轨道和状态的诗人，其写作往往带有听命天意的神秘成分而身不由己。这种身不由己的状态，就是最适合他的自然之道。强行的舍近求远，就是对自然之道的违拗，最终则会适得其反。

其四，也是最后，我还想说的，是在当今诗坛上一个无处不在的安琪。也是我与安琪1999年第一次见面的那次四川诗歌活动上，几天的时间内，她都沉浸在与人探讨诗歌的话题中，那样的情景会使你意识到，那种除了诗歌之外目无一切、浑身的细胞都为诗歌而沸腾的人是存在的，安琪就是一个典型。2001年，由她牵头并发起"中间代"诗歌运动，其间呼风唤雨的号召力，使她一度成为诗坛的焦点人物。再之后，她又参与了《诗歌月刊·下半月》以及现今的作家网诗歌编辑工作。此外，则是她参与主编了经历相同的一代诗人的作品集《北漂诗篇》，尤其是她为已故诗人卧夫独立操持出版的《卧夫诗选》，既是一份情义的见证，也使曾让许多诗人都感到温暖的卧夫得以复活。再此外，是近年来她在相关诗歌活动和研讨上的密集的出现，以及精心准备的发言。尤其是近两年来，她又多管齐下，高密度地涉足于读书笔记和随笔式诗歌评论的写作，这些评论以诗人之眼看待诗歌，虽然不无偏颇，但又直抓要领，多有发现。这一切都表明，这仍是一个运行在诗歌加速度中的安琪。贯穿在其中的，仍是三十年前的雄心和抱负，但这种多管齐下中的加速度，稀释了她诗歌更具分量感的加力吗？我看不出其中必然的因果关系。每一位好诗人都有自己命定的规格，并非执于一端强行而为就能奏效。安琪显然听清了自己内心发出的指令，并竭尽全力去干自己所能干的事情，以不让一日虚度。

燎 原

目录

辑一 | 第三说

辑四 | 在历史中

后记｜你无法模仿我的生活

辑一 | 第三说

鸟或者我

一只鸟就是我灵魂的一个花圈
它高飞着
我不知道哪一个将落到我头上

一只鸟其实也是我灵魂的一座坟茔
它飘移着
我不知道哪一座才是我真正的居所

一只鸟只管四处游荡
当我在此岸仰望彼岸
我不知道最终引我渡我的会是哪一只

1992 年 漳州

任性的点

任性的点。从诗歌中逃逸
像爱美的女子逃离陈旧的铅华
有着一种神圣的自信和单纯

我要乘着智慧的凤辇追赶
却同时被智慧灼伤。任性的点
像是一片散开的光芒
笼罩我。又不被我拥有

任性的点。又像一只任性的小雀
在大师的双肩跳来跳去
叫着！转动它灵活的眼睛
像文字
又像高过夏天的草帽
天真和粮食

1992 年　漳州

心中走动的小银

凝固白色的欲望　在我心中走动的小银
一点声响就能使它暴动
冲击午后的天空有一种焦渴在呐喊
我心中走动的小银光芒四射

疯狂的足音逼近
在我心中又有什么比欲望更易点燃
小银　白色强光眩目
它冲出深锁五千年的困惑
一线声形劈开天地万物

风声四起　自然的箫声形迹全无
心中走动的小银
为着一种苍茫沦为四季的囚徒
旋转的欲念仿佛飞舞的血水
谁来惹它谁就将万劫不复

黑船在小银四周徘徊
它要突破光中的暗
在我心中是有什么急促生长
恍若被灼瞎的猛兽四处撞击
又终归在白色的天宇凝固
沉寂中止　永无回归

一如我心深处走动的小银

小银 深入空气呼吸的欲望
在骷髅与玫瑰间穿行
岩石炸裂落尘为雨
再也没有什么能比我的小银强劲有力

再也没有什么能比心中走动的小银纯粹了

1992 年 漳州

水手

栅栏上的水
宛若阳光中跳动的灰尘和游鱼
在高过天空的地方燃烧

周围是比骏马还坚持的水手
他坚持着最后的梦幻
就是这梦幻
让他成为风雨和沧桑

像流逝的光阴　栅栏上的水
颤动的意念
带走有形无形的一切
这样的虚渺和真实

它是否要让水手在一世的律动中延续一生

水手想象：栅栏在四季的轮回中散尽
水手幸福地看见自己就是燃烧的水

1992 年　漳州

红苹果

红苹果，长在高处就已淡了

让我们和它比一比，我只听到阶梯：光的阶梯？
水的阶梯？
我只看到一颗心长到高处就淡了

音乐来得古怪
是否它的一生只为红苹果梦幻
音乐打在脸上红扑扑的
风已乱了阵脚

这样就是一个人有时也会迷失
譬如循着光的阶梯旋转
感觉天就在高处
就在脚下

就是一颗红苹果的高度了

1993 年 漳州

火中的女子

火中的女子在奔跑，那不是为焚烧而生的人
火中的女子在奔跑
她的长发习惯地向后甩去

我坐在音符的空隙等着
像习惯春天的花朵
风太满，光又太强大
火中的女子，带着苦难奔跑的神！

在我的春天我感到孤独
火扬起巨大空白
要做好这唯一一次永生
要停下火中女子的脚步

时间的纽扣停在她的发上
有一些不幸即将到来

1993 年　漳州

蝉

泊在枝上的黑雨点
太阳下山之前我已把秘密交付给它
秘密的我
一片一片在淬砺的水中打开

我要为纯净的歌声引入歧途
黑雨点堆积的夏天
我要在最高的喜马拉雅山长眠
被随后赶来的白雪邀请

现在蝉已在六月出发
七月将有更多的小船追赶
你可以想象满天飞翔的羽毛在汹涌
在拍打你高昂的双眸

但谁会让你从黑雨点的俯首中逃遁呢
这燃烧的水　充满诱惑和恐惧
在风中漫卷　在扑面而来
在猝不及防的时刻夺去你的精魂

八月的蝉
盛夏的语言里我会醒来
我会把阳光一片一片聚拢
为你构筑光明的乐园

1993年　漳州

生命全集

越过生命黑暗角落，生命全集
究竟是谁无法弥补灿烂阳光，灿烂消失

原来我的心中装着一只不翔鸟
不愿飞翔的黄昏鸟

是被雨云漂洗过的鸟，雨的鸟
白色床单覆盖下的鸟，白的鸟

已经把语言泼洒，已经走火
已经敲响，未来的钟。

站在风中会哭，生命的不翔鸟
返回昨天会痛，不敢睁眼的鸟

究竟是谁满街行走，漫无目的
手提一页单薄纸片，生命全集。

1994 年 漳州

蟑螂

它从空中把自己的影子偷下

这样一个阴暗下午
我有足够时间构思
听凭气体砍伐
想你画出的曲线是否深刻

但蟑螂伏在停住的茶杯中
它随意的姿势仿佛比你还精彩
你爱我吗？

三叶草落下，两个字凸现

没有光。蟑螂一样被照见
蟑螂本质上是你的黄色触觉
我爬动的欲望！

1994 年 漳州

语言的白色部分

来自一个词的错误。我守望
经过废墟的反复证实，怀中的百合
和真理一起预言世界
思想伴同习惯的影子让我勾画

外面山岗空空的绝望和白色
灵魂无迹可寻。时间并不能使天堂
显得真实。渐干的风转向
彗星乘着影子行走

如此静穆的一刻我与现实交手
新的语言取代美。你曾经为一个
错误饱尝一生的沉重和艰辛
隔着有限你必将在徒劳的设想中

拥挤。直至停止过往的时辰
啊，这天堂的百合离你只有三尺
再没人能够阻挡思想划过
如此静穆的一刻再没人与我拒绝

1995 年 漳州

明天将出现什么样的词

明天将出现什么样的词
明天将出现什么样的爱人
明天爱人经过的时候，天空
将出现什么样的云彩，和怩怩
明天，那适合的一个词将由我的嘴
说出。明天我说出那个词
明天的爱人将变得阴暗
但这正好是我指望的
明天我把爱人藏在我的阴暗里
不让多余的人看到
明天我的爱人穿上我的身体
我们一起说出。但你听到的
只是你拉长的耳朵

1995 年　漳州

回忆一组

等待

原谅我把等待推迟得这么艰难
在温暖的地方
个人的欲望变得具体
阴暗
原谅我因呐喊失去的喉咙
我不能再等待

你若安于现状你就等待
一切似乎只是一个
遗忘的词
你若救赎你就救赎
你若是荒芜的
你就荒芜!

愿意

我们不再对着时间的门
安上自己的假肢

我们愿意接过：死神的
床。那白色或无色的幻觉
总让我们心领神会
我们愿意在黎明和石头之间

选择木门
用木门宽大的胳膊拥抱我们
死去的诗行
我们愿意通红通红的大雪
在幻想中成长
一个有力的伤痕
但不太深!

想法
一些密集的想法
老人一样，落在手上
我的冰凉的死亡的证据
在上午七点半准时出发
作为一张缺席的面孔
我看见光线明灭
风在路上　深深浅浅
像一个老人黑色的想法

一个老人
他口中漏出的一句话
使我的死亡变得脆弱

蜻蜓
那只蜻蜓总共注视了我
三遍!
我转身，平静的阴影
和我一起分享爱情

——我没有的爱人正在追赶
另外的时间

时间就是新概念!
那只蜻蜓尾随了我
它由蓝至紫的呼吸。让我
随心所欲
想要就要!

手术室
而我是一个善于玩笑的人

一个女人。仅仅因为一个女人
就必须接受手术室
接受死亡暧昧的靠近
透明的抚摸

而我是一把残害自己的刀子!

我割下欢乐的肿瘤——
一个十足的疯子,一本
散落的诗
我听到有人说:快
用死亡蒙住幸福的眼
幸福等同于一种阴谋!

回忆

雨。隔开纸的下午
一片雾蒙蒙失真的下午
一个你,光辉的折叠者
你想要什么?
一个我,厌恶成为
日新月异的花朵

我在纸的雨中流泪
我在干渴的反转中开始
我在整个世界的燃烧中放弃

瞬间

我将忍不住衰老
我将像一顶灰帽子又冷又灰
永恒的瞬间从自身卸下
水,和森林
比你想象得更暗
一个飞翔的人可以同时卸下
翅膀和歌唱

我将把灵魂放在
自由的彼岸
一个散失四季的人
我将祈求风和哀悼的节拍!

1996 年 漳州

黑夜的风

黑夜的风，留一角光明幻影
黑夜中长方形的风
让我的邻人有一个好梦
但不要惊醒她小小的容颜
黑夜中重复的细微声响
一点爱恋都藏其中
有一种苦难持续至今
高高的楼上有一种苦难关紧门窗

让我抓住这急促的不眠
三分钟的不眠
黑夜的风。如果我感到恐惧
那是我的心正张开翅膀

1996 年　漳州

女儿醒在三点的微光里

一岁的女儿像一匹布
"妈妈在哪里？烫烫在哪里？"
一岁的女儿抱着奶瓶像抱住亲爱的家

一岁的女儿醒在三点的微光里
我和她一同饮下这春日的火种
秘密中的秘密
安置在女儿突然绽开的笑容里
门踮起脚跟，够不着她的手

记住那个冬季，那个
寒冷中痛苦快乐的母亲。她就要成神！
但不会全军覆没

一岁的女儿翻转身子
穿着梦语
听得见她被幸福笼罩的微光

我的女儿叫宇，我的女儿粗枝大叶
茁壮成长！

1998 年　漳州

西藏

听来的西藏在你的口中手中

循着惯性，表述如此困难，语言锁住的美：博大
震撼，西藏，它缺氧的呼吸没有预告
只一刻你就走入生死界限
（生何畏，死又何畏）

山尖，雪和山一样长久，阳光撒下碎玻璃
一山蕴含四季
你和云赛跑，白云好心情
灰云不分明
乌云绝无仅有，在西藏，云卷云舒，你看过三秒钟的雨
重叠的彩虹拦腰截断
光分成七色、九色……预备给你一生慢慢享用

记忆被偷窃，一双子虚乌有手绞成麻花状夜晚
删除人声自然的静使鸟鸣更幽
那盏灯恰好就在我的左脸
祝福透过铃声爬来，电话一放它就掉了
你躺在床上，一而再再而三地为了想象的远方流下热泪
爱情，它的温暖无需被窝
西藏，就是西藏
所有不能成行的新娘为它打制无效婚姻

颈上有红白相间的锁链

有蛇之唇冰凉彻骨，你甚至分不出多余部分想我

大脑已不够，现在

你急切地减速，减速……如果一个老人可以由此退回孩童时代

你将在三米长的哈达亲吻下继续一首诗的宽度

白是神的献礼

黑巫术只配给桥梁，只配停在万物脚下

我从未见过黑色哈达！

借着指甲毒素要在你的五脏作呕，习俗的力量

像酒，把你包裹到它怀里

邪恶悄无声息把花圈戴到你的头上以来生的福运做注

玛尼堆的灵魂

布达拉宫的富丽堂皇

大昭寺的金边橡木……

你承认西藏有它不为人知的神秘因子

客观地说，一生到过一次也就够了，一生到过一次就能

视死如归

那死并不可怕，可怕的是对死的恐惧

　"除了食物，我不对任何事物发亮；除了原生态喉咙，

我不接受任何精雕细刻。"

生为佛，死为佛，生死无分，佛法天然

脚下三分地

身后七尺天

世界把屋脊建在西藏

世界和西藏，我寻找的是来生，不是今世……

1999 年 漳州

双面电影

那么多人的面孔旋转成一种声音
眼睛藏在眼眶里，眼眶藏在阴影里
他说："小蜜蜂终于招供了。"恢宏的云朵
不断压低，特技时代的电影
一把木制的剑是它自由的象征

罗马，我将要终止你
我从不认为泥巴比鲜血好，传统的套路赢得这样的姿势（鼓掌）
向谁致敬？有时我觉得没有水面
回到柠檬的安魂曲中
死后还穿得了鞋吗？
做该做的，还是做想做的，下一个
又下一个必须团结
紧紧地围成战斗的毒药，或掐住
像姑娘一样尖叫
赢得心慌意乱的分离。

在窥见中等候
伤口轰隆隆驶过这是假的
一个突然变远的人提供新型武器
舌苔长出讣告，脚像锅盖一样单薄
"书翻着翻着睡着了。"
行动和我们一起去杀戮

打四号补丁，快速冲过敞开的虎口
流放前角斗士的金钱欲望
我企求兼职像临街的窗
挖出来，贴上身份不明的情感："习惯了，
就再也不说谎。"

同样七岁的孩子制作成不同标本
一个撞上门
一个颗粒无收
晕眩早有准备，头皮一层层爬上蚂蚁
赏赏脸就解脱了
电话沉不住气，夜晚有双面电影交叉播映
我摸到体外的心脏碎了三瓣
人性像个借口装不进箱子
空气若无其事
一天的欢乐磕破牙齿，瓷砖变了颜色
"卖东西啊，谁是东谁是西？"
湿漉漉地奔跑备好衣服和指责
灯光在暧昧中腐烂
稿纸熄了又灭，喘息塞到指甲里

生命力不再拐弯
人是人的参照与对抗，高境界就是互相刺激
互相促进天才机制
波伏娃：萨特的第二与性。
杜拉斯：女人的梦游者和可能。
优秀无须合同，我感到思想的轻易是因为

我陷入无聊的艰难

说着唱着一年又过去

精神像财富分裂，我将在三十岁输掉我的八十岁

圆形斗兽场沙子是红的

语言是白的

头发永远沾染耻辱，我们会等你的

肿胀的过去一溜烟消散

哺育坦白的现在

哲学皇帝，诗歌皇帝，之间是一个洞

呼吸在渐渐靠拢以至于无

"摘下你的面具，转过来。"

那么多人的面孔旋转成一种声音

应该对此表示感谢还是哀悼？

2000 年 漳州

生活不语

沉默也在寻找它的喉咙
沉默的喉咙
如此强烈地影响了到我身上翻阅一遍的风
灯清晰地浮现又消失
敏锐得像我的成长

生活更真的让我感到它的不真实
日子嗞嗞作响
仿佛正在飘扬的雪把寒冷包裹起来
我见过雪将融未融的样子
重要的是心灵的底蕴
某种耀眼的心事使劲地打开闸门

沉默往往是通往生活的真实
巨大的如饥似渴的激情
我享受了它的自觉
一个人的目的就是从人群中造出自己
像看黑了纸张的笔
咬紧满口的墨水

有意义与无意义
经过预约的夜晚我停下脚步
生活是复数还是单数
一天过去又是一天

2000 年 漳州

街道

我又一次行进在夜晚的街道
风那么沉
仿佛沦落被它背在身上。
砖瓦散了骨架
木梁在堆积
幽暗的欢乐瑟瑟发抖比如你我
一些事在过去

我又一次行进在情感的困难腔腹里
铁青的面孔不知所措地解释
一些事没有主人
所以就显出单纯
（也可以说它是复杂的）
而街道却像失败的投资商包容不下
我们的混乱
我们的对话。

当沙砾保持它的亮度
梦想的升腾变得可能（可能吗？）
我感受轻微伤害把无个性当作个性
街道知道这一切——
焦急的声息霉变后得到证实
好像也就这样

无数风的嘲笑作为化妆品被我享用

我无数次站在街道
把车停在手中
我在等一个人
或者仅是暴躁的拜访
我在等他从斜波上滑下带着
来不及刹住的眼神。

2001 年　漳州

快餐店

相对于快餐店的喧嚣
我们的绝密是太奢侈的萝卜青菜
偶尔的争斗夹杂着时间的缩写本
在坏情绪里
隐居，周而复始

搬运地狱到诗的天堂
月光哐哐当当犹如泄漏的原油
在内心里躲避追查
我们装作不认识邻座的招呼
无与伦比的镇定无与伦比！

整个快餐店坚持自己奔走相告的脚步
尽管见光就死
依然练习爱情
像起义的蚂蚁被解剖到暗中的骨头
我们结束愿望
遭遇众多虽生犹死的袭击

诗仍旧是一个词随时随地等我们去捡拾
我们快餐店的理想无限拓宽
绝密只剩下本能
一场大火赶在我们烧着之前燃起。

2001 年 漳州

值班

正是小巷痴呆的时候你去值班
悲哀地拉长
我和另一个我自相辩驳，灵魂也在清点
每天都有一些单位幻觉消化干净
与偌大的寂寞缠绕
才回来就驱使铃声查询去向

欢乐的设计类似一幢木屋的转动，转着转着
就饥饿，纷乱成布片
困惑抑或犹豫堵住瞳孔
那些残疾的思念用着手上的鼠标涂抹阴暗
我会看见吗？

什么都是真的，愤怒是真的
天真也是真的
更少的机敏，更多的笼罩
正是情感清淡的时候你去值班
头颅压迫头颅
苦涩越发显得精细

仿佛有一段鲜血的内容充实到你的工作
低语着，爱戴着
自然变形的躯体把四天包括进去
微笑已不在此停留。

2001 年 漳州

第三说

像沿着尘沙无尽的思索实验到存在
我们鹰骨和文字构造的假想敌已成
第三说——
并且也是无形的
带电的茫然以及众蛇搬运的漳州平原
只是一场稀有的战争
假如我曾与你共同沉陷其中
成为诗赤裸的子民，成为声望和哀悼
听到或者想到柠檬桉的细枝多么挺拔
弹奏的甜蜜像要满溢出来
现实完成半个红色，半个黑色悬挂到睡梦
我们昏昏醉了，无限延伸爱的磁场
使打火机的爆炸轰然炸响
渲染着溪流透明的顽石，激烈的甘蔗
也倒下了，止住神经质。
是的，不是审判但却是终结
第三说——
一捆捆生动的绳子发出勒紧的气息。

2001 年 漳州

手工活

就是这些手工活令我想到一包牙齿
我制作它们，为的是从俗气的天花板上逃匿
一个人的爆炸关联到什么？
我看到时光摇晃着，虚胖得锁不住门
上千支针筒引人注目地做短暂的迁移

从血管到血管，依托并不明确的目的
他们历尽磨难把自己变成机器一样的动物
他们为此受审，成为绳索背后的脖子
每天总有人莫名其妙地死去
然后编成一队队骨灰盒
我预感到苦难却没有半丝犹豫

宽恕它吧
干燥的舌头憔悴不堪，婴儿像轮胎
滚出，成长，又取回欢乐
我顾及它消化不良的胃口
粉红色的话语
像灌木丛的呼吸
结结实实躲避神圣

篱笆般的哭泣藏好我的焦虑
一个奇特的场所没犯什么病就死了

它如今明白我的做法
当我接触困惑，手拿戒律，我弄不清楚眼泪
和审判之间的距离
我摸着你光滑的皮肤感到振奋，阅读的机会
像医院提供冷酷心肠
他们强迫我进入安全通道
尽管空气中深含死亡陷阱，我还是觉得宁静

做好自己的手工活，我听到一个人说
庞大的印象已经不在
香蕉精密得可疑，人类灰暗的面孔多么美妙
还能列举出什么？
我尾随瘦弱的文明把一切交给你
松树仿佛在做着滑稽的游戏
它肮脏的内脏悲哀地卷起，多毛的表情覆盖层层蛛网
所有这一切
行将来临的不幸已经来临
我被吓住的声音听到了灵魂沙滩上的残阳
募捐关于迷糊的爱和激情
一段十年前的光线正在变淡
我的同学，我们的悲凉！

尘埃是人造的？阴影里疑问的种子互相辉映
水中有盘根错节的黑色眼睑
铁矿的疲惫和橡皮的仿造
它们在向谁致意？
当我对着生命反思，肌肤像发动机枯萎

一只猴子的亡魂遍布1986年的暑假
大桥上的风吹手指，生日烛火：
轻轻地活在现在

我们绝不是怀旧的人
幽灵不是甜蜜果，监视不是分手，自行车不是南靖
苏醒一座花岗岩塑像
那儿，梦想怪诞的身体要复活
我的同学，我们的悲凉
我们的名字注定要抛弃与生俱来的虚无！

2001年　漳州

母亲

每天我都在身上找出不同的母亲
字迹模糊的母亲
允许我用自己擦去你

你总是来去匆匆
牵着你的外孙女我的孩子
有时我看着自己始终搞不明白
家族的细线
如何穿躯而过

我随意地丢弃母亲的名义
我神经质地发现我尚未崩溃
多年以前我目睹了母亲发狂的一刻
一把躺椅扔进垃圾堆

因此我相信
我们总有一个要继承你的血液，我们将在某一天
疯掉，说吧，母亲：
我，还是女儿？

2002 年　漳州

意外又

大荒山无稽涯停在面前
夜晚停在面前
喧闹的长安意境停在面前
你停在面前
你是谁? 一个意外!
谁允许你停在我的面前?
笨拙的思维并未配得上恢宏的文明
由秦至汉, 再至唐
我一次次地停在它们面前
深深的怅惘
仿佛近在咫尺, 却从未真切走近

2002年 漳州

辑二 | 菜户营桥西

像杜拉斯一样生活

可以满脸再皱纹些
牙齿再掉落些
步履再蹒跚些没关系我的杜拉斯
我的亲爱的
亲爱的杜拉斯！

我要像你一样生活

像你一样满脸再皱纹些
牙齿再掉落些
步履再蹒跚些
脑再快些手再快些爱再快些性也再
快些
快些快些再快些快些我的杜拉斯亲爱的杜
拉斯亲爱的亲爱的亲爱的亲爱的亲

爱的。呼——哧——我累了亲爱的杜拉斯我不能
像你一样生活。

2003 年 8 月 1 日　北京

今夜无眠

你不能一伸腿就跨进我梦里
今夜无眠
我把床翻到一半一个人说
焦虑还未开始
所以你有足够时间摆弄枕头
把黑暗换成日光灯
再把日光灯换成手上的诗句

今夜无眠这是你说的
我提前把腿收进被里
除了你我哪儿也不去
而你如此小心
租了一个梦供我使用
供我把身体放了进去

2004 年 4 月 25 日　北京

赌徒

你用一个没有难度的词语陷害我
我的赌徒
你坐在我身边像赌徒眼里的赌徒
因为我们都是赌徒所以我怕
或者不怕
你

你低着头假装很安静
假装不知道安静的安，安全的安，安琪的
安
无数人问我：安
或者不安？却不知安和不安其实是一码事
其实，那么多年你一直在
诗里，比较疯狂
比较不在小说里

2004 年 4 月 25 日　北京

在北京，在终点

如果可能
请允许我把北京当作我的终点
允许我丢弃自己的故乡
如果故乡是我的母亲请允许我丢弃
母亲，父亲，孩子
一切构成家庭的因素
一切的一切

请允许我成为北京的石头
安置在大观园里
或西游记里
我愿意就是这样一块石头
不投胎
不转世
我愿意回到石头的身份
没有来历也没有那么多阅读的手
指责的手

在北京，如果可能
请允许我以此为终点
活着，死去，变为一块石头。

2004 年 5 月 2 日　北京

往事，或中性问题

再有一些青春，它就将从往事中弹跳而起
它安静，沉默，已经一天了
它被堵在通向回家的路上已经一天了
阅读也改变不了早上的空气哭泣着就到晚上
流通不畅，流通不畅
再有一些未来的焦虑就能置它于死地
我之所以用它是想表明
我如此中性，已完全回到物的身份。

2004 年 8 月 8 日　北京

七月回福建的列车上

列车驶过时
窗外的山，山上的草，居然纹丝不动
寂寞啊
寂寞，寂寞离我不远
就在车窗外。

2004 年 8 月 14 日　北京

七月开始

七月了，你在灯下发短信，你在想我
在重新开始的七月你在很近的村庄发短信
想我，身旁的竹凉席印着你和你的影子
很近的桌上日光灯就要炸裂
你在发短信，想我，像房东在想她的房租

2004 年 9 月 16 日　北京

康西草原

康西草原没有草，没有风吹草低的草，没有牛羊
只有马，只有马师傅和马
康西草原马师傅带我骑马，他一匹我一匹，先是慢走
然后小跑，然后大跑，我迅速地让长发
飞散在康西草原马师傅说
你真行这么快就适应马的节奏
我说马师傅难道你没有看出
我也是一匹马？
像我这样的快马在康西草原已经不多了。

2005 年 3 月 26 日　北京

一天一夜

一天一夜？没有问题，你可以待在我这里一天一夜
这里？这里是哪里
甜蜜里，悲伤里，还是麻木里？

哦，你去过的，在从前，在挤出来的时间
空间中，你跟无数人影磨
交叉，重叠
以至你变得如此之扁，扁，却不透明
却不在耗尽五官的祈祷中死于纷乱

祝贺你亲爱的
我给你准备了一打用于记录口供的黑色牛皮纸
我很不想干这种事
我差一点儿就把他们当成同案犯叫到面前
直到风吹草动，提醒我，我的椅子正在松动
正在摇晃

那么说吧，就在此刻，吸足了墨水的笔
抡圆了的砍刀
这是我正赶往孤独的路上，我留出了一天一夜，你看

我的手，我的身，我的心：干干净净
一片空无。

2005 年 9 月 2 日　北京

给妹妹

但我早已预知，一切的结局，譬如你，譬如我
都是我们自己决断的
一切的结局，都没能，给父母，带去美好的
关于此生的回忆
我们都是父母的坏孩子，我们用一连串的恐慌
把父母训练得，胆小如鼠。

2005 年 9 月 11 日 北京

绝对一粒粮食都没有

河流在河边吃草你摸摸看
绝对一粒粮食都没有
阳光晒黑了非洲的皮肤，欧洲也好
不到那里不信你摸摸看
绝对一粒粮食都没有

粮食们都到哪里去了你猜猜看
绝对你要说都到人们肚里去了啊不对不对
粮食都到地里去了

地都被河流吞没了
河流都被阳光晒干了
绝对一粒粮食都没有

2006 年 2 月 3 日 北京

在夜的深处

在夜的深处，呼吸沉重，我和你
在夜的深处
踱步，以太极的方式，左腿，迈，顿，右腿
迈，顿，身体要平衡
气息要均匀
你厚厚的背影，黑色，像一座移动的烈火被按捺在
夜的深处

微弱的光照着不变的一切
长沙发胡乱抱着白被子
你的衣服零乱，丢置在不高的椅背上
不能不坚持
我狠狠地凝视着你我爱你
而你不相信

在夜的深处，煤气开了又关
必须为死亡找到良好的借口而我不相信
死亡能够化解恩怨
油腻的厨房
对峙于味道浓厚的厕所
这就是生的执着
在夜的深处
执着是一种残忍我想放弃想对你说我爱你

而你不相信

牙疼隐含在牙里
时钟滴答
天光微亮，春天寒冷尚未消散
亲爱的亲爱的
当我认识你　春天到了
而你一以贯之的沉默像寒冷
尚未消散

2006 年 4 月 22 日　北京

悼词

你在梦里死去
你在我的梦里死去
为什么你要到我的梦里去死，世界那么大
人那么多为什么偏偏是你
跑到我梦里去死

难道我的梦比世界更大
难道你比所有人更多
你到我梦里去死
使我余生的梦
充满悲哀

我为你写悼词在梦里
我为你念悼词在梦里
我痛哭失声是真的
当我醒来
我摸到了满脸泪水

当我在残存的悲哀中恐惧、发呆
黑夜像一床被子裹紧了你
你在外面
发烧
咳嗽像一个病人

你不知道你在我的梦里死了一次
为什么你要到我的梦里去死

当我醒来，梦里的悼词像余生的诗篇
使我心怀恐惧
充满悲哀

2006 年 4 月 24 日　北京

宴席浩大

那宴席浩大，一字排开，那宴席装下了你、我
日月山川

在梦里宴席装下了我的亲朋好友，我的亲朋好友
来吧，都来吧，白天我不敢见你们
趁着黑夜
我要在宴席上一一把你们辨认

让我在这黑夜铺设的宴席上向你们鞠躬
道歉，对不起
亲人
对不起，朋友
对不起，故乡

在这梦的宴席里让我宴请日月山川
爱恨情仇
我是生命不孝的女儿
我向死而生

星光灿烂在梦里
宴席浩大在梦里
如此灿烂的星光方能照到我满腹的苍凉
如此浩大的宴席方能装得下我无边的惶恐

2006 年 4 月 24 日 北京

享受的碎骨

我居然在痛苦的洗劫中捡拾到享受的碎骨
它并不锋利
不足以把我一下击倒
它牵着长长的抖颤的恐惧之神面容黝黑
或蜡黄
它细微的快感含沙带血哦这还不坏真的
我居然在这一阵又一阵突临的
痛苦中默默期待
享受的碎骨

它瞬间爆发，又瞬间平息
它沉默如铁打的饼
吞不下
吐不出
它和我有着同样的痛苦但它享受到了
碎骨了吗我以为没有
我看见它仇恨的手黑了手指像那些
从未长大的少年突然
让我心疼
于是我哭了。

2006 年 5 月 6 日 北京

再任性下去

再任性下去？往极限处再任性一点
点，就一点，就能达到碎裂部位，就会看见
脑浆汹涌如她的破口大骂如我的
强硬还嘴
我坏了
心脏坏了
它像一块石头堵着像一团乱麻塞着
听我的，必须听我的
把车开到最高速直接开到
昆玉河
乖，只要开到昆玉河就能到达此生渴望
到达的尼罗河

我一直向往埃及
古希腊
那些久远的文明藏着无数人的前生
他们轮回转世
有的成为我的朋友有的
成为我的敌人
亲爱的敌人
我们真不幸
既亲且爱又是敌人
来，乖，我们开车去找

我们的前生
听我的
它们就在尼罗河

它们不会在多瑙河
也不会在
黄河因为我们不够浪漫的蓝也不够
辉煌的黄
它们一定在尼罗河
当它们醒来恰好就看到
我们撞进了它们的身体
它们虚席以待已经很
久了。

2006 年 5 月 6 日　北京

帝国主义诗歌

当我在诗歌中享受到生之快乐，诗歌，这垂而
不死的帝国主义
我前世的爱人，你霸占了我，欺负了我
使我在今生不得安宁
当我在今生不得安宁
我优于现实的灵感染毒，中病，类似问题
接二连三，接二连三掉下的
灰尘重新设计了我
使我在遍天杨花中迷糊转向
那腥臭微起的死水

这帝国主义的诗歌用糖衣裹着炮弹
使我在痛苦中忍不住将手伸向它
忍不住吞服，忍不住
以此作为生之依据
这垂而不死的一天又已开始
右下角的暗影，杀人机器突然启动
的幻想，哦，快终止这诗歌的秘密
快意，快让生活穿上生活的外衣进入
生活。

2006 年 5 月 8 日　北京

时光何其漫长

时光何其漫长，生命何其健康
生命健康得足以承受各种煎熬
这是命，还是即将降临的死之
前兆？一个人肾衰竭了，一个
人喉癌了，而我强硬如顽石如
百摧不挠的阿基米德定理，浮
在世俗生活的表层无法自拔无
法在雷霆夹带枪棒的恐惧中快
乐闭眼。床在这边，你在那边
所以睡眠显得艰难，夜晚何其
漫长所以噩梦就来得频繁，一
个一个噩梦带给平庸白昼一点
生气，使我和他相互拉锯而心
脏碎裂，这健康的生命何其无
辜何其辛酸何其肾衰竭心脏病
何其精神分裂何其能够承受！

2006 年 5 月 8 日　北京

将雨

我在
回家的路上被一天空乌云追赶
它们大面积笼罩，追赶着不止一个的我

它们在北京游移多时
却迟迟没有砸下，这些乌云
像过去年代的豪言壮语瞬间变了脸
渴望扑打到灰尘满灌的地上

静不下的心啊静不下的人
街上来往着静不下的心和人
三倍于省级城市的首都，我匆忙行走在回家
的路上，扯着乌云的影子慌乱躲闪

这一天空的乌云一定会落下
它们迫不及待，只等天黑，就将夹带雷霆
狠狠砸向
因白日喧嚣而无比翻转的睡梦

2006 年 7 月 17 日　北京

乌黑的圆圈和皮

从十七楼望下去，那一根根移动的，套着白布，顶着
乌黑圆圈的难道是我的同类：人？

他们看起来像是晃动的僵尸，看不到脸，手，和脚
他们晃荡着，一根根形似柱子
当我在十七层楼上等着你的身子从台阶走下我首先看见

这些形似怪物的人他们在夏天的马路边顶着乌黑的
圆圈那曾经被视为头的东西看起来如此诡异

如此没有灵魂地游逛着你走了过去
你一下子被我认出
你不是那群柱子中的一根你是你

你乌黑的圆圈中有一块留出的空地覆盖以怵目惊心的
皮。

2006 年 7 月 21 日 北京

突然多出的黑暗

突然多出的黑暗，从你体内长出，一株爬行的
有触须的植物：黑暗

它舔到我的脚踝，心，预先感到恐惧，哦碎裂的
心，别再给它铁锤，这个蹲在自己心里的人已经

绝望多时，别再给她没有边际的等待，门时开时关
影子们渐渐牢固，在我每天必醒的床上，影子们

先于我挡住阳光，突然多出的黑暗，又多出几寸
它们加快速度，突然拉住命运的衣角，它们迫不及待

想改变我的余生，想把我遗弃，在提前到来的虚无里
我的身体不想被它化解，我不想被它化解

我看到你体内长出的黑暗，沉默，顽固，渐渐有了
石头的形状，关于石头，我知道两块：一块在

西游记里一块在，红楼梦里。关于石头
我曾写过：在北京，如果可能，请允许我以此

为终点，活着，死去，变为一块石头。所以突然
多出的黑暗，你只是我提前变成的

石头，你是我的石头，我不惧怕你。

2006 年 7 月 22 日 北京

深水之墨

我已厌倦这深水之墨对心灵的指引
在这空无一物的尘世
我曾经索取过多

难以辨认的往事
又费去漫长年月
一生的好时光有多好
行云流水，转瞬即逝

不能在深水中洗墨、化妆
不能呼吸
不能不顾左胸的隐痛

不能说
我曾到过的尘世
你也到过

2006 年 7 月 25 日　北京

离开自己

我再次发现对自己的说服极其困难
如果用"现在"
给自己的余生定位则上半生形同虚设
而用"过去"给自己定位
则过去像一把椅子失去倚靠
的背，和支撑的四柱
于是我选择离开
留下"自己"在过去的椅子上
颓然倾倒
永无葬身之地。

2006 年 8 月 14 日 北京

日记

夜得一梦：
全身器官坏，小腹也坏了
忙问医生
小腹坏怎么说？
答——
就是不能怀孕了。

醒，莫名
怅然。

2006 年 8 月 16 日　北京

蓝调时分

我不敢于太过抒情的蓝调譬如现在时分
焦灼充溢体内，使身子控制不住地发抖
长久的按捺最终引发心脏的疾病
就在左胸美人栖息处
苦难的美人，沿丝绸之路而来
却落脚在乱云飞渡的江湖
我不敢于怀抱希望的彩虹
横跨欧亚
像一场永远不醒的迷梦长途跋涉
没有终点，没有那么多浪漫的抒情的
往事，没有未来
生命的短处被你揭开我不敢于你
而你也不会长远你将不会长远很抱歉
这是肯定的。

2006 年 9 月 4 日　北京

我试图说出这些往事

整个往事都从你的记忆走失，你翻开大脑，看见一片
胡萝卜的阴暗，通体皱纹的手感，潮湿，软乎
保持对事物的冷漠，这尘世的是非，来，而
不往，压低自杀者广告架上的冲动，他在上面已有
多时，我看见他安静地蹲在十层高的广告架上
的冲动就好像我已经跳了下去
我的心脏先我一步交出了未来，它在镜子中
照了又照，破裂的地方傲慢，却干净，像
忧伤，剔掉了骨头，结一层薄薄的膜，多么
漂亮的心眼，古代风俗的遗存，每天，你在对
往事的追寻中和自杀者不期而遇，在十层高的广告
架上，你想象我会和他一起跳下却不知我已悄悄
铺开防护气垫，亲爱的我不想死，我试图说出
这些往事，我想和世界同归于尽。

2006 年 9 月 6 日　北京

雨从一片树叶跳到另一片树叶

把你藏身到一片树叶你就像灰尘，肮脏，滚成
团状，强壮的肌肉在你后背、前胸、手臂
滚成团状，我想把你藏进树叶一片藏你的冷
一片藏你的淡，我想呼使雨在你身上跳来跳去
一滴洗你头一滴洗你心
我想把雨从树叶里揪出问问它
那不言语的某人可曾让你早生华发？

2006 年 9 月 7 日　北京

梦很冷

他们把板凳搬到梦里，暗示我，这并不牢靠
的支撑物不宜久坐
风物不宜放眼量
他们把板凳摆平，暗示我，这是预备收留你的
床，他们看我平躺上去，露出惶恐的
笑，无辜的哭，莫名其妙的过去
他们看我死去，心满意足，然后离开

在梦里，我死了过去，我问自己，我怎么
死了？这不是梦吗？
我清楚知道在梦里我死过一次，是的，就
在梦里。

2006 年 9 月 29 日 北京

打扫狂风

这一年的风来得狂，出乎她的意料，我看见
她在风中挣扎
忍住胸口的痛，忍不住，眼里的泪

精神几欲分裂，已经控制不住喊出了声又
生生咽了下去
这一年的风狂得莫名其妙完全出乎
神明的意料
生命遭遇强降雨，邪恶有着邪恶的
嘴脸，和健康的胃

这一年邪恶几乎击倒了她
这一年她继续相信善的力量正的力量
相信，时候一到，全部都报

天降大任于她了，顺便把狂风
暴雨、雷霆，降了下来
无可抱怨
这一年是公平的，她吞下了生铁
以便使自己站得更稳

狂风需要打扫，此刻，她鼓励自己。

2006 年 10 月 23 日　北京

可能以外

冬天的静电，配合杨树叶子的倒影，在一本诗集翻开的
某行间：逗留，惋惜。你坐在夜晚
呼吸自左胸出发，微带着，些许疼痛，些许
解脱。有几个人在北京不感到脚步的匆忙？

你在原地打转，兜了几圈，看到，世界变成银灰色
乱七八糟拜访的，是那些：小羊肉串、街角处的
塑料薄膜，一阵风砸了过来，还好没雨
北京的天，总是干得静电频繁，触手可及的事物

是未来，和想象。仅仅只是常规的伟大，就足以
令你宽慰，你自南方来，南方小城盛不下
纯粹的向往，你自南方来，遇见一个两个
诗歌兄弟，和你一样，他们奔波于生活现场却自信于

今天的截获。他们截获了此生的光芒，学鲁迅
以血荐轩辕。血是红的因而你就不会苍白
血是流的因而你就不会腐
血是热的因而你就不会死

血，可能以外，以内？孕育腥甜的感受在今夜
你坐在桌前，找到了，久已散失的位置。

2006 年 12 月 28 日 北京

风过喜马拉雅

想象一下，风过喜马拉雅，多高的风？
多强的风？想象一下翻不过喜马拉雅的风
它的沮丧，或自得
它不奢求它所不能
它就在喜马拉雅中部，或山脚下，游荡
一朵一朵嗅着未被冰雪覆盖的小花

居然有这种风不思上进，说它累了
说它有众多的兄弟都翻不过喜马拉雅
至于那些翻过的风
它们最后，还是要掉到山脚下

它们将被最高处的冰雪冻死一部分
磕伤一部分
当它们掉到山脚下，它们疲惫，憔悴
一点也不像山脚下的风光鲜
亮堂。

我遇到那么多的风，它们说，瞧瞧这个笨人
做梦都想翻过喜马拉雅。

2007 年 2 月 3 日 北京

天地宽

我向你请教生死
你说，这问题你已想通
你在像夜晚一样黑的白天传授理想
感觉像真的一样

躯体逼仄天地宽
现在是好的开始？坏的开始？还是
不好不坏的开始？
我向你请教苦闷
你说，这问题你没遇到

灯零落，——亮起
城市生生死死如今名北京
幸福的人不幸的人游走在
风吹灯影的街头
我向你请教幸与不幸
你举手摄下那轮明月月在中天
天地宽。

2007 年 2 月 3 日 北京

延长线

薄雾缠绕，门微闭，郁闷无法排解，渐成顽疾
沉默，沉默
再有一天就将重见天日
可以对话者，可以倾心相许或相骂者
这一阵越过烟囱上空的烟而过
仿佛薄雾缠绕孔子家山岗
爆竹声声，思绪渐成顽疾
人们在新年门前焦虑
在新年门后无奈
整整一天，我忙碌于厨房，空守着
两耳的延长线
而大地寂寂，腾出一片广阔让你疾走
如丧家的孔子。

2007 年 2 月 10 日 北京

父母国

看一个人回故乡，喜气洋洋，他说他的故乡在鲁国
看一个人回故乡，志得意满，他说他的故乡在秦国

看这群人，携带二月京都的春意，奔走在回故乡的路上
他们说他们的故乡在蜀国、魏国和吴国

无限广阔的山河，朝代演变，多少兴亡多少国，你问我
我的国？我说，我的故乡不在春秋也不在大唐，它只有

一个称谓叫父母国。我的父亲当过兵，做过工，也经过商
我的父亲为我写过作文，出过诗集，为我鼓过劲伤过心

他说，你闯吧，父亲我曾经也梦想过闯荡江湖最终却厮守
一地。我的母亲年轻貌美生不逢时，以最优异的成绩遇到

"伟大"的革文化命的年代，不得不匆匆结婚，匆匆
生下我。她说，一生就是这样，无所谓梦想光荣

无所谓欢乐悲喜，现世安稳就是幸福。我的父母
如今在他们的国度里挂念我，像一切战乱中失散的亲人

我朝着南方的方向，一笔一画写下：父母国。

2007 年 2 月 16 日　北京

诗如何在

我突然陷入惶惑之中，诗如何在——
以愤世者的面目因为这世界
是有很多不如人意的地方？以温情的
歌咏的姿势因为日月无罪
山川无辜它们
永远沉默，袒露纯粹的表情？
以内心的焦虑、绝望与感伤因为
活着是个漫长的问题？
以瞬时的爱、必然的死？
以无谓的姿态虚度的时日？
无数的越想越没有边际的茫然我写下
诗如何在？

2007 年 4 月 30 日 北京

给外婆

（外婆：苏碧贞，外公：江锦锥）

你蜷缩在狭小房间宽大床上的身体
如一团卷皱的纸外婆，你不能动的右手
摊放着左手努力伸起迎着我的手它们
颤抖着哭泣着拥在一起外婆

它们有着互相呼应的血统！而与之呼应的
你的丈夫我的外公正在客厅的桌上
以遗像的姿势存在。他们哭过的红眼睛
和白色身影在忙碌——
我的父亲母亲大舅二舅
大舅母二舅母和表弟们

因为死亡，我们从四面八方赶了过来
我们看见死者的死和生者的必死外婆！
你说别哭，别哭，连毛主席孙中山也要死
外婆你说别哭别哭
连毛主席孙中山也要死

你的手绵软无力它们累了，这一生你用这双手
撑起一家十口人的吃和住
你有六个儿女，两个公婆，一个丈夫
你有顽强的生存能力和卑微的命运
你有先外公而来的中风和瘫痪而最终

你死在外公后面仅半年

我们先是埋葬了外公再埋葬了你
我们先是有了糊里糊涂的生之喜悦再有
明明白白的死之无奈。

2007 年 5 月 8 日　北京

始终未来的往事

近段时间，我沉迷于对往事的思索，始终未及
它日渐模糊的背影。人物穿梭，而地点已变
而人物也已，不可通联。

所有往事都已结痂，在心里。不可触动，更不可
试图揭开。我权且麻木，得过且过，使脑子日日
昏沉，恍然已到，极乐世界。

我愿意那未来的往事始终未来
太多面孔，隔着前生的河，他们不来，我也不去
他们忘了，我也忘了。

2007 年 6 月 23 日 北京

我性格中的激烈部分

我性格中的激烈部分，带着破坏
和暴力，冲毁习见的堤坝
使诗歌一泻千里
滔滔不绝。我性格中的
激烈部分，一触即发
它砰的一声，首先炸到的
就是我

它架起双手，一脸冷酷
我一生都走不出这样的气场
它成就我生命中辉煌的部分
——诗歌！却拿走了
完整的躯体
我性格中激烈的部分
携带着我的命
一小段一小段
快速前行。

2007 年 9 月 16 日 北京

爸爸，我看见你松弛的小肚微微感到心疼

北方十月，早已入秋，南方，依然可以
光着膀子以至于我看见你的小肚松弛在漳州
我曾经熟悉的家里爸爸，我看见
你松弛的小肚微微感到了心疼

你的老婆我的妈妈在厦门，你在漳州
我问你为什么不到厦门你说
这里有你的老朋友有你多年的酒肉兄弟
虽然你已没有足够的钱用来挥霍但爸爸
你依然热爱你声色犬马的过去生活

你跟我细数你每月的开支，它们恰好用尽
你退休后的每一个子儿爸爸
原谅我的离去
原谅我自身难保的北京现在
当我到邮局取款，把微薄的纸币塞到你手上
你略微羞涩的推却让我感到罪孽深重
让我感到，死亡真的不需理由

就像此刻，一个年轻的诗人自杀而亡，他丧失了
他的责任而其实，他只是在逃避但爸爸你说
你很安慰我没有死在你的前面在接待电视台
采访我的午餐上你说

你有了一个可以录制成光盘的女儿，她足以匹敌
你所有老朋友的孩子们贡献出来的房子
车子。爸爸，我也很想贡献给你物质的晚年
但我已不能
但我已踏上不能的不归路

在时间有限的长度里，我在加大它的宽度和厚度
我拥有来世却没有今生，在镜头前，我如是说。

2007 年 10 月 9 日　厦门

极地之境

现在我在故乡已待一月
朋友们陆续而来
陆续而去。他们安逸
自足，从未有过
我当年的悲哀。那时我年轻
青春激荡，梦想在别处
生活也在别处
现在我还乡，怀揣
人所共知的财富
和辛酸。我对朋友们说
你看你看，一个
出走异乡的人到达过
极地，摸到过太阳也被
它的光芒刺痛

2007 年 10 月 18 日　厦门

戒色生涯

幽暗的新东安四楼剧场八号厅，在我从四排
移到七排的过程中，我摸到绵软的布沙发
沙发上的情侣被我有意忽略过去

为了一些没有的理由我和他们隔开一个距离
一个人时见不得两个人
尤其是，两个，相亲相爱，的人。

他们都来看《色戒》，我也是。所有买票的
排队的，一男一女，来看这个告诫我们
色要不了命，情才要命的戏

我陷入旧时代的氛围里，电影院的世界
仿佛不属于尘世，一个人在自己的内心萦绕
感到有些大孤独的欢乐，连同最后的眼泪

也无人欣赏，一个人的死，换来另一个人的
不死，结局永远是这样，一个女人的死
换来一个男人的，不死。它们不会颠倒

过来。永远不会。我在曲终人散后静静
站了一会，觉得自己神色宁静，有着
不与平常一样的美。这个我是我爱的我

她不是喧嚣的、张扬的，也不是庸俗的
琐碎的。她一直无法让人看见，我不止一次
看见她在公车上、人群中，恍惚的

出神的脸，我想分出另一个我，去陪她
默行、阅读、感伤、呆坐、无奈
苍白、蜡黄、乌黑、青紫、暗红

我目睹她的戒色生涯，真的像一个死去已久
的人。朋友们说，来吧，还是应该多走走
她摇摇头，她对什么，都没了兴趣。

我理解她对《色戒》的哭，源自于此。

2007 年 11 月 10 日　北京

雨用什么方式保护自己

每次回家，总遇到雨，这缠人的家伙
假装成我的好爱人，举着湿漉漉的手说欢迎。

欢迎啊，逆流的游子，我们去遥远的北方
学习此世的秘密，活过喜欢的一生
被喜欢的一生

挨着雨，我用脚后跟掂量南方的情
理交织。狭窄的街道，熟悉的乡音，真香
满目红颜色绿颜色的楼，全然有别于北方的
灰色扑面，哦，我爱北方的灰色

单调和枯萎。每天我尝试
二十四公斤的寂寞与无力，让自己快步
行走在公交线路上。在北方我只要
有一张，属于我的床。

就像在南方我只要一场，又一场
缠着我的雨，高举欢迎之手假装我
亲密的爱人。多年了，我往返于雨的缝隙间
事实上我还没有学会
用雨的方式，保护自己。

2008 年 4 月 1 日 漳州

找不到痛的出口

因为没有痛，或痛太满，你找不到
痛的出口。因为热，你脱了外衣，因为
脱，你感冒了，因为感冒，你吃药
吃出一副病骨头
因为骨头，你被塞进瓮埋到
老家的山上，因为杂草丛生
你找不到外婆外公的居住地
外公外婆前年死了
没有他们领着
你在阴间也是
一个孤儿。

2008 年 4 月 10 日 北京

我看着树枝黑色的筋骨感到很奇怪

它们枝干纵横却很干净，似乎想用集体的力量
挡住天空。它们确实做到了在西山的
局部我被这些黑色的筋骨
迷惑。不自量地想用此时
此地的幻念
埋葬你我。

2008 年 4 月 14 日 北京

幻想性生活

谁能比她更幻想性生活？

时针在愤怒地走动，画着圈找自己，每一轮
时针都在重复自己？当你从时间中
昂首，额上的皱纹，青丝上的白，它们说
离开幻想，走入实际的，此在的
性生活！

它们像流水在规定的河床里缓逝
这小地方的流水被规定在小地方如同自生
自灭的小黄花，开了，萎了
生命对万物只有一次
呼吸不可以恒久白日也不可以
永昼，不要相信太阳下山
明早依旧爬上来
也不要相信
幻想就是性生活！

泪和床纠缠着
床和夜晚纠缠着
夜晚，和躯体纠缠着，同性也罢
异性也罢
沉睡中你看到她在一个面孔模糊的莲蓬头下

就着一把刀把自己拉成阴

阳，两半。

2008 年 6 月 19 日 北京

凸凹

如果你勉强攀上凸的最高处，也许会一不小心跌到
凹的最低处，攀爬与跌落，生命中的肯定，和否定
进出之间你找不到自己的固定位置。

你在突然阴暗下来的正午感知到风的摇摆，针叶林
三角梅，由远及近的事物
你在预先被撕毁的日历面前找不到
此刻的具体指向，此刻？
"航班准时降落，走出来的人都是
过去年代死去又活过来者。"
他们姿势不一是因为他们来自不同国度
他们在上一个空间分享不同层次
的生活在这一空间
同样如此。

你推销他们凸和凹的秘密，这并非文字游戏
也不是记忆的果实在白天枯萎夜里复活
倘若你曾为前生保存草稿你将听到一个细细的女声
自言自语：不能，丢下，我。天，这，么，黑
路，还，未，走，完。

可是没事，宝贝，我们都还在路上
我们几乎要走到了绝境却能在绝境上相逢

"为什么一会儿有太阳，一会儿没太阳？"
"那是因为，太阳在凸上，太阳在凹处。"

为什么拥抱过后却感到更孤苦的寂寞，更无助的空虚？
因为你已经，被凸卡在凹处，那离躯体最远的地方。

2008 年 8 月 22 日 厦门

迷失

视觉缓慢被木窗棂切割成几块：灰蓝、浅红、淡黑
视觉走上没有回程的路以保证意外的线条不会缠绕
在他和她的肢体里，他们光天化日的肢体被木窗棂
切割成几块：疾病、俗世、互相的埋怨，和解不开
的情欲索求……

（就是这些泼出去的颜色让我想起了药店里抽屉中
散发药香的药草，女药师细白的细白的手拉开一个
又一个抽屉而我在里面躲着，而恐惧将我埋了进去
而距离长成歇斯底里的形状而你说距离是不可战胜
的我亲爱……）

2008 年 10 月 28 日 北京

窗外

浓雾蜕下的那团白皮被搅成糊状，一片虚光的伪迹
升天的仪式委托给金属物件人群就可安息地下？

迫使黑暗为自己辩护的是凝神定能看出的面影：
它有正方形的眼眶和阔大的嘴，旋涡越旋越小直到

把催促和绝望旋转进去：你从未看到这么多的碎片
发出迷惑的成年男子的羞涩之态，这么多受到赞美

的器官分属于不同的星际，不同星际的生命都享用
到了它的美餐。（如果我在梦中为此物下的定义属实

请试着唤醒夜晚，请把夜晚赶进圆形歌剧院，请歌手
为那被疯狂灼烧的人唱一支安魂曲，请听者放下手中的

心中的砍刀。）请黑暗不要为自己辩护，语言剩下的
情绪我曾和他一起到过，在外太空，或此时此地？

我们约好从阴阳两个世界爱一个男人和他的画
这是我们存活此世的证据？沿着这扇开启的窗户

有一次，我们一起看见了，暴风雨被吸进黑洞
你大笑而我微笑。而一种崩溃正在临近——

2008 年 10 月 30 日　北京

夏季1号，又名放弃

哦，浮在水面上的脸是我那乏味的时间
浮在睡眠上的脸是我那奇怪的爱人同志
他日日过着超现实的生活一点也不让我
知其影踪。他早出晚归，拎着大大黑包
和自己壮硕的躯体，他是一个数字天才
和情欲的白痴。他把春天藏进他银灰的
小车把夏天送给裸露的西藏把秋天揉到
感冒的白纸巾而冬天，必须承认，冬天
有点艰难，我在没有位置的小屋站立太
久这有点荒唐。我的脚变成树桩，头发
却尚未变成树叶，我的气息足以与你的
你们的美味佳肴相配。这是一个有趣的
实验我同时进入到活死人，和未亡人的
状态。我在这样的进入中享用到了肉体
的泥淖和精神的全方位肢解我要说我爱。

2008 年 11 月 04 日 北京

翻云覆雨

——或给你

红色血光中伸出的手你的手，献给你，一个
意外主题，一场奇遇！现在让我把锈迹斑斑
的爱情换成友情和亲情我做到了并以此与鸟
自由嬉戏。黄昏开出的处方很快就要兑现你
我当要觉悟从迷醉中猛醒，悄悄的，卷起来：
一团密布阴影的云，和它变幻的莫测冷暖哗
啦啦，下着，下着。野花开放，干扰了城市
的假象，倘若我们曾经放声高歌我们当说够
了，够了。此生足矣。在谵妄的死亡机器收
走我们之前大地旧了，天空修改了密码，使
镜子凝固烦恼的面孔趁着寒冷将至未至我们
走吧，说再见，就说再见。我们曾经相逢够
了，够了。这一笑泯却世间恩怨，这一笑悲
欣交集我们提前进入落日伟大的行列我知道
只有欢乐才能共享而痛苦只配，默默收藏在
心里，谁能把清水搅浑，谁又能把内心的欲
与望诉说谁就能，占卜出红色血光中深蓝的
深蓝的祝福：我们爱过并被获许，无罪释放。

2008 年 11 月 06 日 北京

我

那些毕业于新幽灵系的面孔，其中似有一个我
它们被从抽屉取出，和一干无躯人众挂在枝上
煎饼一样龇牙、咧嘴，微笑或哭泣，全凭他所
好。这些具备专制品质的游魂之脸，其色暗淡
其情妙不可言，仿佛满怀怨恨，又若心甘情愿
它们给予世界一种夜晚的背景，潮湿的火焰是
虚拟的，漂浮着撕碎的衬衫的线条，"想离开
这棵树，想找到通往自由王国的大道吗？"你
听到有人悄声询问，有人举起尚来不及被污蔑
的火把，你转过头去，与另外一颗头相碰，你
——你们——互相看见彼此变形的表情，恐惧
抓住了你和你的眼，已经多久了你们在这样一
棵树上麻木、僵硬，意识全无？骨头早已枯萎
或软化，已经多久了你们这些毕业于新幽灵系
的面孔看起来疲惫、无力，我不得不承认，我
也是其中一员！

2008 年 12 月 25 日　北京

清晨倒影

我们当然应该把自己关在清晨牛奶一般的语境里

我们当然应该把自己看作野菊、蓝葵、碎兰

看作秘密本身，关在清晨里。

夜晚的残骸被夜晚收走。

忘却一直在忘却，一直在，忘却。

其实我只是假装没有来历

假装并无时光供我怀念，也无风雨散漫的此生

用来流布。假设在清晨我们把石子一颗颗

从躯体掘出，啊，往事多么刻骨，每一颗

往事的石子都曾经带血

沾染着越来越密集的隐痛。

它们注定是牛奶中的三聚氰胺

注定让你我的余生被全盘清空，在清晨

我们当然应该把自己关在画地为牢的终场里——

寂静唬住了我们，啊，一个概念化的想象

终于在虚无中获得证实！

2008 年 12 月 27 日 北京

一首长诗该有多长

一首长诗，该有多长？我问昨天沉闷的阴郁天空它说
在我们南方，我们从来不知道雨，什么时候下
什么时候停。我站在窗前，哗啦拉开眼前某物
风一下子带足一斤沙砾扑向我，在我们北方风说
我从来不知道我什么时候刮起什么时候栖歇。
一首长诗，该有多长？高楼总在建设中
它的高度需要不断生长的阴影来体现。
有一次我和钱博士去北语开会他指着对面阳光笼罩的
二十八层楼说，我的朋友住在这里。
那一瞬间我想象那些砖瓦并不存在他的朋友孤零零地悬在
二十八楼。所有人都孤零零地悬在空中不是吗？
假设我们撤下那些砖瓦，所有生活在空中
的人将是你我他——
他们齐刷刷跌落下来，仓促的脚在空中乱动
画出一道道灰尘的气浪。

一首长诗该有多长？跑马圈地
随心所欲。

2009 年 4 月 19 日　北京

他们纷纷走那边

纷纷笑着

纷纷喊着

纷纷浪着

纷纷漫着

纷纷挤眉弄眼着

纷纷调情打骂着

纷纷饥着

纷纷渴着

纷纷动着

纷纷乱着

纷纷今朝有酒今朝醉着

纷纷明日愁来明日愁着

纷纷不知老之将至着

纷纷散场了

散场了

着。

2009 年 4 月 19 日 北京

菜户营桥西

自此我们说，可以拐弯了，可以走辅路走路漫漫的路
其路也修远其求索也艰辛其情也苦其爱也累其人其物
不值一文其生已过半其革命已成功或尚未成功其遭遇
也丰硕也奇异也幸福也荒诞那么我们说，你还要什么
你，在路上的你，追赶时间的你，欠死亡抽你揍你的
你，女性主义的你，你还想要什么？

菜户营已到，这左一道右一道的桥嫁接在空中使平地
陡然拔高几米，你转悠其间自此我们说，可以安歇了
那些临近崩溃的楼层在夜晚换了面目，孤云缠绕某夜
我们看见月亮像白血病患者惨淡的脸凄清而哀怨某夜
凉风曝光了草丛中草拟的意识流我们在长椅上的幻想
那些过往的困惑因絮叨而成型而复活落迹于刹那光影

我们，在路上的我们，被时间追赶的我们，热爱活着
的我们，并不存在的我们，我们还能要什么？

2009 年 6 月 22 日 北京

陈述，虚拟或真实的面孔

你总是在陈述，在陈述中回望时间的残骸你的来路，你来历不明又一览无遗。一个自虐症患者的陈述能证实什么——

6月28日，已逝的端午的回响：马连道，空城缭绕茶的余香；

6月29日，忧心冒起，如水如珠，点点滴滴；

6月30日，理想主义者的嫁接错位，一个人口中吐出的悼词；

7月1日，欢乐蒙着阴影的面具，焦虑使你措手不及；

7月2日，你越来越弱智，你将崩溃同时你将因往事而后悔；

7月3日，云开雾散，单线条的早晨在阳光中荡漾仿佛可以持续
　　一生的安慰；

7月4日，继续丢开一些时间，有一些期待朝向暗红幻景；

7月5日，时间的脚越来越快，有一种恐慌渐渐增大乃至要命；

7月6日，一个称之为诗人的人她的不打自招，她夸张的虚幻的
　　表达；

7月7日，她辛辣而微酸的故事被温水轻轻浸泡并于此有了变异
　　的面容；

7月8日，温水啊温水，你要在事实得到证明之前恒久地温下去；

7月9日，再一次被无助捆绑，头堵头痛，以便配合心裂十八瓣；

7月10日，如果不能拒绝，就请保持沉默。

2009 年 7 月 9 日 北京

某一面

死去的美人剃光了头又出发了
她们光滑圆润的双肩被两根吊带扛着
她们颓废，萎靡，在酒杯中敷衍
好像似曾相识。
她们弹奏琵琶，竖琴
唱着末世的哀歌。
这些疲惫的艳俗的黄色、金黄色
这些瘫软的红，与黑——
她们趴在自己的幻觉里她们无所寄托
满是流年的老核桃
——我在这扑克和蜡烛的夜晚嗅到的
一定是我的
某一面。

2009 年 8 月 10 日　北京

麻雀纪事

（或人的一身究竟豢养着多少只麻雀？）

用一屋子叽叽喳喳的小麻雀烦你你是小麻雀们的耳朵：
一只汇报截也截不住的流年逝水一只细数大白菜青椒
五花肉剁椒鱼头曾经摆开的人世宴席，繁盛抑或枯萎
欢喜也是悲凉。一只伴你电脑前游戏一晚又一晚一只
叮咛纵使家事琐碎你也要保证你的乐观情绪不受影响
一只说，对于不可解的命题我们可以暂时不解且请让
时间消化一切，一只回退内心自我教育自我反思自我
成长，成长是多么艰难的一件事！一只趴在床上读书
吟句一只跟你厨房打转微笑旁观它说，瞧瞧我的左手
和右手，一点都没有烟火味。一只用纯洁的表情凝视
你一只像夸张的母猪拱着你一只心灵淤积着泥泞一只
身体无比诗意，一只一生的努力都在破墙而出一只却
作茧自缚。一只通宵做梦梦中它死命地惊叫噩梦噩梦！
一只白日做梦梦中它死命地惊叫我爱我爱！一只朝你
递去温暖的抚慰一只脱口而出恶毒的咒语然后它说天，
我怎么能说出这种话？一只坦承一切它所做过的往事
一只拒绝承认它从未做过的，一只有点精神分裂它说
我和我的文字所构成的世界是两个世界，如果你爱的
是文字的世界那么请原谅，那不是我。我和我的文字
从来就不是一回事。一只说我已准备就绪，审判可以
开始一只说，我从未找到通往天堂的路，当然，我也
不曾知道地狱究竟在何方。一只号召，麻雀们，我们
应该给主人一个短暂的休息周期以便我们继续烦他乱

他，以便我们的叽叽喳喳不会丧失最终的倾听，那么就此告辞亲爱的，屋子留给你，我和我的小麻雀们将就此告辞，打盹冬眠，以便春暖花开时学那前度刘郎今又来——

2009 年 12 月 20 日　北京

幽灵之树是否能在恐惧中安然入睡

做个美梦亲爱的
我给你暴怒之后的安抚
我会拍打你的枝干轻轻地轻轻地
用温度为你制件深蓝的衣裳
它将伴你在幽灵之夜安然入睡
如果你恐惧
我会深入你的恐惧把清水搅浑
我擅长此道
擅长在闭上眼的瞬间告诉自己
天下太平。

2010 年 4 月 13 日　北京

单面女人的孤独之牙

未被命名的女人有着单面的额头

她鼻梁尖挺，嘴角平整

她单手按地

单脚着地

她虚拟出的一只眼

被你我看见

也被她虚拟出的假牙看见

那牙如此白净而弯曲恰如你我的孤独

——你的孤独很白净

——我的孤独很弯曲。

2010 年 5 月 12 日 北京

有时我们可以同时爱上不同的人或被不同的人爱上

没有问题，我拎起爱的涂料满世界走，我走呀走
有时涂你鲜血的红，有时涂你噩梦的蓝，这些，都没有问题。
我有时当你一人，有时当无数人为一人，这些，也没有问题
有时我被爱爱上有时我被爱恨上有时爱恨交加恰似
无数人追杀一个人。

2010 年 5 月 12 日 北京

南黄海的密语

一条鱼用波浪的鱼鳞告诉我
它心事层叠，曾经期待安徒生选它为美人。
一只虾蹦跳着试图把弯曲的身子拉直
它真的很努力但它活着时永远见不到
梦想成真（死后也不行）。
一只蟹横着走路已有多年它每一次起步
都要思考先迈左腿还是右腿？
它和虾相遇在南黄海互相探讨
如何脱下青黑外套换上彩虹
鲜艳的红色？一只老蚌路过此地恰好听到
它们的言语它对小螺说看看，这就是
无知的恐怖。小螺不解其意
（它还太小，不知人间烟火的残忍）
而海带是清醒的它把自己打了几个结
（它希望人们解不开它，放过它）——
一个渔夫用鼻子嗅到了这一切他撒了一个网
让鱼虾蟹蚌螺在餐厅的桌面碰头
当然海带也在其中
当然，这故事不只发生在海域。

2010 年 9 月 22 日　北京

辑三丨邮差柿

女诗人们

我们互相进入各自的身体或者说
你正成为我
我正成为你

你涉入生活的汪洋大海仅留一张喘息哀痛的口
我爬到生活高高的堤岸兀自回望并未走远的心悸

生活，谁能窥视到它神秘莫测的深渊？
谁将侥幸逃离？
谁又将被它捕捉？

你挣扎，激荡无数惊心的波圈使我为此动魄
我平静安享此刻我的过去就是你的现在
（正如你的过去就是我的现在）

生活的壮丽，和凶险
我们必将一一亲历。

2012 年 3 月 19 日 北京

兜率岛的秘密

经历的时刻留下玄妙

承载秘密的岛屿名兜率，在东江湖上

有通往海底的岩溶地貌其形如笋，如柱，如天庭帷幕

如瀑布悬挂，如众鸟高飞又冷然凝于冰川世纪

如太初原始的无人之境

如神话

如地狱

如烧毁的阿房宫重建于此回魂

如推倒的老君炉滚出仙丹万千

如心惊讶收紧

如喊冲至喉间

如一百年才长一公分的钟乳石嘲笑人类未及百年的生命之迅捷

如三生岩上永远有相逢不得相守的红男绿女执手相看泪眼之离别

如远远驰来的电闪雷鸣

如渐渐远去的哀悼形容

如挣扎

如节制

如昨天和明天厮打于今天

如希望和绝望埋葬于无望

如慢慢渗入的痛苦

如使劲恢复的甜美

如你，如我

在兜率岛上种植虚无的脚印。

2012 年 9 月 27 日　北京

秋天回乡

这个凌晨三点半即翻身而起的人

也不管北京深秋的寒气

这个五点半即打车奔赴机场的人

也不管路途陡峭，白露含霜

她在空中打盹，睡梦中被故乡的山河撞醒

满眼青翠的绿

树在南方不知道秋之已至

不知道秋之含义

这个在南方不知道爱乡爱人的人

此刻回程接受诗之训诫

满城短袖的男男女女

兀自呼啸的大小摩托

这个在北方的旷阔中迷失方向的人

此刻贪婪吞食着狭窄街道熙攘的气浪与凹

凸口音

再一次

她迷失在故乡拆了又建的楼层间恍然已成故乡的

陌生人！

她呆若木鸡

她不知所措

事实上她已是故乡和异乡的弃儿

这是宿命，必然的

如果你也曾抛弃故乡

她就是你！

2012 年 10 月 30 日　北京

归之于朗诵

他们把诗种植在这个夜晚
用男声，或女声。

朗诵者，你喉咙深处的外公，外婆
和父亲！
此刻都在徐徐走来

现在我要起身迎接他们
踩着文字的脚印
把他们从死亡中接回来——

让我做他们年幼的孩子
重新在他们怀中成长一遍。

只要我永不出生
他们就必须一直活着，永远活着。

2012 年 10 月 30 日　北京

有故乡的人

仅仅只需一架回乡的飞机就可填满天空的空旷

仅仅只需一个回乡的人
就可让机身变得沉重，沉重地穿越气流
颠簸如同起伏的心事。

仅仅只需一个词就能告诉你我也是有家的人
漳州，漳州
多年前我写过，我很快就要背井离乡。

漳州，漳州
为什么你要问它在哪里？
你的问如此残忍，如此无知！

仅仅只需敲打此诗
就能让我眼眶湿润
如果你为此流下了泪，你就是我的亲人
我打开家门
我来到客家楼
我坐在图书馆，就好像
我从未离开你们。

2012 年 10 月 30 日　北京

林中路

（给吴子林）

所幸还能在迷路前找到通往你的

或者竟是你预先凿出等着我的路！

陌生的城市

我抛弃前生

脱胎换骨而来

我已不记得走过的山

路过的水

我已被错乱的经历包裹成茧

就差一点窒息

我已失语

一言难道千万事

我爱过的人都成兄弟

继续活在陈旧的往事里而我已然抖落

我说相逢时不妨一笑但别问我今夕何夕

别惊讶

我麻木茫然的面孔犹存青春的痕迹

因为我曾死去多次

又新生多次

所幸还能在最终的绝路将至时猛然踏上

你的路

林中路。

2012 年 11 月 10 日 北京

冬天里的春天在香山

唯有你
看到了冬天里的春天在香山
红叶杳迹
三五行人不等
唯有你驱赶寒意遍地喧哗
爬上枯枝充当新绿
当夜晚降临
古老的山径苔藓纷长
犹如群蛇出动
你看到琉璃瓦趁着月色把自己
清洗一遍，那从山巅顺风而下
那在你面前轻盈刹住的春天的
脚，春天！

2012 年 11 月 30 日　北京

雪的究竟

清晨埋伏窗外的雪

究竟聚集于何时

有何种想要示人的心事

它从天而降犹如贬出伊甸园的始祖

它究竟犯了什么罪

它暂时隐忍的泪水在你脚下吱吱喊疼

它有时趴在树枝上

有时尾随汽车绝尘而去在风中

打几个滚儿

很快便漆黑一片

那在天上干净一落地就泥泞的

雪

犹如我们曾经衣食不愁的始祖

被贬出伊甸园

在尘世中生死

早已断了回乡的路。

2012 年 12 月 14 日 北京

鸦群飞过九龙江

当我置身鸦群阵中
飞过，飞过九龙江。故乡，你一定认不出
黑面孔的我
凄厉叫声的我
我用这样的伪装亲临你分娩中的水
收拾孩尸的水
故乡的生死就这样在我身上演练一遍
带着复活过来的酸楚伫立圆山石上
我随江而逝的青春
爱情，与前生——
那个临风而唱的少女已自成一种哀伤
她不是我
（并且拒绝成为我）

当我混迹鸦群飞过九龙江
我被故乡陌生的空气环抱
我已认不出这埋葬过我青春
爱情
的地方。

2013 年 4 月 6 日　北京

夜晚的方向

我从夜晚清凉的风中提取我需要的元素
我的心在夜晚的寂静中朝着危机闪闪的方向
攀援，它无限扩大的想象滴着血
先我一步把此时点燃

我从梦中一跃而起
随身携带着父亲复活的呼喊
那边太寂寞了，父亲
但我能把你带往哪里

每个夜晚对我都像牢房
梦见父亲的人在梦中被父亲吓住
睡眠是一扇关不紧的门
我曾尝试着从这里出去。

2013 年 3 月 9 日　北京

狂风之狂

我确切地感受到风墙狠狠挡住我前行的脚步
在这样一个狂风呼啸的上午。

我伸手却摸不到风在哪里
墙在哪里
我抬脚却迈不开心里想要的步伐
我站立
和无形而存在的风做一刻的交流
直到它改变主意
从后面推我一把

这使我又迅速往前跑了几步
要刹不住了
这风！
我仿佛要跌倒般当我抬起左脚，或右脚
在风面前我多么单薄可风在哪里
强大的催促我恐吓我的风在哪里
铁皮屋顶哗啦啦翻滚而下
所有摇晃的窗户
所有招牌，都是风的武器公之于众
狂风肆虐的露天马路
不是你和风对峙的地方

风没有身子
却无处不在。

2013 年 3 月 9 日　北京

白蛇传

并非有意
也不存心
从我口中吐出的丸子，被她吞咽
那时我年少
全然不知一条白蛇从此换形
成为我的娘子

我们当街售药
夫唱妇随
我觉得很幸福可法海说不
法海是谁
为何前来搅扰我的生活
法海是他
一种既定秩序的守护者
如同规章
如同制度
它们明文标示:人妖殊异
不可通婚

我恐惧死亡的小心思被法海识破
我用卑鄙的雄黄让娘子现身为蛇
倘若我曾与她同床共枕
我怀中的蛇既然已经是人

我又为何要相信她实在是蛇

现在，我被眼前的事实惊呆
世间的人如果你也看到我之所见
你是安守白蛇
还是逃离？

我躲进金山寺
我听凭娘子水漫金山
我知道是我把娘子引导成杀人犯——
我听到被淹的无辜人群的哭喊看到田园
荒芜房舍倾倒
我知道我的娘子尚未读过诗书
不懂得怜惜众生
只懂得爱我

世间的人
如果你是我，你要对有白蛇之身的娘子如何处置
是随同她回家
还是听任法海把她镇在雷峰塔
如果你是我
请为我掬一把同情泪
如果你不是我
请把她领回家，从雷峰塔下。

2013 年 03 月 10 日 北京

只要还有

在天空的博物馆展览你飞行的痕迹
推动仰望向着更高处的云层穿射直到挤干
时间的水分

成为遗愿
成为枯木的幸福（幸福有一副枷锁的形状）
成为风暴中散步的一个人
一个人牵着风暴的手也要走
一个人被风暴撕成碎片也要血肉纷飞地走
湿漉漉地走
假使你细弱的呐喊曾抓破喉咙由此被我听见
我会把你从呐喊里揪出
狠狠地扔进异乡的梦里

看，滚下大海的太阳第二天又垂直升起
在海面上——
它敲打你的力量带着新生命的柔软和强劲

那曾孕育你飞行的元素从沉睡中探身而出
头顶黑夜的雾幔
把你的翅膀叫醒

只要还有一根羽毛懂得疼痛。

2013 年 3 月 13 日　北京

春天笔记

走在玉兰含苞

柳条吐露叶芽的淡绿中

春风揪乱黑发

黑发中的白线闪现

走在僵硬道路渐渐回软的胡同里

听

天空吹起呜呜的号角

低垂的槐树枝支棱着干枯的耳朵

默记着玻璃大队行进的披挂

它们就要倾倒下

一地的碎光——

春天睁开它的眼！

春天的每次睁眼

都是新的！

在春风和春风互相撕扯的地上

永远有幸福的人在幸福

不幸的人在不幸

永远有老人痴痴而行，看见死之将至。

有孩童纯真喧笑，不知死为何物。

春风，就在这时钻入我心——

我既不年老也不年少
我看见了死亡

但心存侥幸。置身春天布下的匆匆幻景
我像那只灰喜鹊衔枝飞行
偶尔停歇屋檐
最终欢于筑巢。

2013 年 3 月 18 日 北京

拴马桩

青春就是惊涛骇浪

每一匹青春的马，都想带着拴马桩飞跑

每一匹青春的马，都想站在青春的中心，骇浪惊涛。

2013 年 3 月 20 日 北京

篝火之夜

为被激情点燃的树干斜立着
支撑它的是同样为被激情点燃的树枝树叶。

它们
构成了篝火之夜的一半。

河北平山，温塘古镇，残留的青春
啤酒，二锅头，窃窃私语的花生羊肉串

构成
篝火之夜的另一半。

燃烧黑暗的声音，噼噼啪啪。
纷扬的火星闪闪，瞬间前尘。

凝望中的眼，看到了泪水，和明灭的生命。

火
在不断添加的柴木中不断挺直不死的身躯
仿佛青春在自我注射的兴奋剂中不断雄起

——倘若你能拉来无穷无尽的柴木
我就能让火，无穷无尽。

但是火会穷尽这世上的柴木

恰如衰老，会赶走每一个人的青春

你跳过熊熊燃烧的篝火

把青春，永远留在火中。

2013 年 3 月 26 日　北京

清东陵

死者生活的土地

备受打扰

以窥视的名义，到底还是进到他们的死亡中

地宫的阴风

阴水

自埋下死尸的那刻起

几百年了?

你几十年的生命怎能斗得过几百年?

逃啊

屏住呼吸

就是皇帝此时也是死尸

你想去看凡人的坟墓吗?

你不想

那你为何要到这同样腐朽的死亡中来看死?

2013 年 9 月 8 日 北京

成都，在芳邻旧事

在芳邻旧事独坐

若有所思，所感，所得到的诗意归你，某某。

在芳邻旧事独饮

痛不欲生，欲死，欲想中的爱情归你，某某。

在芳邻旧事独诵

无边秋夜，秋雨，秋风里的憔悴归你，某某。

在芳邻旧事独醒

青春短暂，短促，短命啊短命的青春为何不在芳邻旧事清清楚楚数
着日子过完我们短暂短促短命的青春再糊糊涂涂走向衰老？某某！

2013 年 9 月 22 日　北京

在回京的飞机上回望成都

青春的泪水
十四年后流了下来
舷窗外的成都，迷蒙一如既往
我已看不见1999年的我
方格，白裙
手臂扎着饰物
胸前佩戴口哨
被远方鼓胀的心就要爆裂
视每次回家为囚禁

青春的泪水顺着脸颊流下
十四年了，泪水离家出走，几乎忘了归途
回忆剩下的茫然几乎遗忘了苦涩和羞愧
只有细雨一如既往
把绿意封锁的成都涂抹得越发迷蒙

这是修改命运的成都
有人三番跌倒五次爬起并且越爬越高
这是被命运修改的成都
有人活着仅为给自己寻找活着的理由
我看见你在窗台挥手
残躯的肢体躲在后面

谁能在青春预测衰老的谜底
谁就能在命运布下咒语前脱身逃逸
我看见了你的衰老
我感到了命运的恐怖。

2013 年 9 月 22 日 北京

油菜花开

油菜花开的时候，春天就到了

是春天为观赏油菜花才赶过来
还是油菜花为住进春天才盛开？

晨起操练的孩子们，人人小手举着一朵油菜花
春风吹，孩子们喊着油菜花，油菜花，春风把
喊声传遍大地，每一个角落都光灿灿的。

一棵树往春天里走
两棵树往春天里走
三棵树往春天里走，它们说——
去，去看看油菜花，这被太阳施加了魔法的爱物
它们黄金般的笑脸如此绚丽，明亮！

油菜花开的时候，春天领着春雨
来洗它喷喷香的身子，春天为什么这么香？
那是因为
油菜花敲锣打鼓，把春天的大地走了一遍。

2013 年 11 月 4 日　北京

邮差柿

是柿树挂起小灯笼的时候了！
是你窥探的欲望藏不住的时候了！

是你喊我出去的时候了！
是我胆怯犹豫又暗怀甜蜜的时候了！

是深秋的邮差改换绿衣的时候了！
邮差邮差，你红色的铃声不要那么快急驰过我的家门
我还没写好献给他的抒情短章。

他张挂在我家门旁的小灯笼夜夜散放羞涩的清香
柿树柿树，你树叶脱尽难道只为让我看到他的心事如此
坦荡，不带一丝遮拦？

我反复在心里说的话翻墙而过
每一句都被高大的柿树听见，每一句都催促着柿子走向
可以采摘的那刻。

2013 年 11 月 4 日 北京

忆泰山

如果我不写出泰山，我必被泰山沉沉压死
必死于对曾经游过泰山而一字无成的回忆

必死于困惑、焦虑，和羞愧
必死于杜甫望岳之后收回目光的一瞥，如此冷淡
而不屑。

是的，我曾在缆车中掠过十八盘
因此我对泰山没有记忆，我的脚对泰山
没有记忆，它不曾酸过痛过，不曾向伟大的泰山卑躬
屈膝过。

它看见的泰山和任何一座山毫无二致

如果我遵从我的脚告诉我的泰山
则我对泰山的赞美将受制于它贫乏的感知

我将赞美遍布泰山的石刻，及石刻上的赞美之词？
不，我将赞美你！
那最终完成我对泰山的渴慕之情的你，我的山东兄弟。

我忆起阳春三月
光线热烈以便泰山铺开足够大的阴影把你我埋葬。

2014 年 01 月 20 日　北京

故事新编

故事总会穿过记忆的重重闸门而至

后腰贴上的暖身宝正努力建构它的疗治体系
你从感官现实中获得的满足，将加速你的成熟

故事投下犹如抵抗的影子
充满沉默、诱惑、悖论的隐喻中，听不到想要的回声

你的心里放了一把刀
你是个复述者，心里放了一把语言刀
事实上你从不使用，这把语言的刀，你只是把它放着
像放一把生锈的刀

危机来自不断响起的口哨声
群氓的表达，伴随着小规模的暴动，发生的事正在发生。

2014 年 01 月 24 日 北京

夜关门

有夜，但是门关着
门关着使我看不到夜的忍受，夜的枯竭。夜梦的手
夜夜从梦里伸出
把我拽进它的惊悸，我从未在梦里笑过
但你有！

所幸你有，我才对梦充满期待，在夜的脚大踏步
踏过白天的每一晚，我拼命拍打着门
我知道梦就在门里
它用一扇门把自己与尘世隔开，每个不同的梦
都有不同的夜，不同的门
与之匹配。

不止一次我从梦里哭醒，摸到梦外的泪
我真的从未做过美梦
却也实实在在遇见了你

夜梦的手，就是这样把我推向生活，生活的狡诈
生活的奇异。生活真窄
你一睁眼，就在生活里。

2014 年 01 月 29 日 北京

白葡萄酒为什么也让人脸红

（给吴子林）

红葡萄酒让人脸红
白葡萄酒为什么，也让人脸红？

那天你往我的身体倒酒，红葡萄酒
白葡萄酒，于是你浇灌出了

红脸的我
继续红脸的我。

我红着脸听你赞美我
然后我继续红着脸赞美你

批评的话让人脸红
赞美的话为什么，也让人脸红？

2014 年 01 月 30 日 北京

美学诊所

美学没有诊所，患美学病的人怎么办？

我写下这一句，两天想不出第二句
是否有诗歌诊所可以解决我的问题，我疑心我也病了。

我看到患美学病的人开了诊所，诊所名美学
我是否也该开一个诊所，诊所名诗歌。

我相信当我坐诊诗歌诊所，我的诗将源源不断
就像我相信，每一个医生都不生病，也不死去。

汽车在空荡的京城疾驰，帮我找到了过年的感觉：
八百万人回到他们的故乡，北京回到北京。

我在空荡的北京街头寻找第二句
一个患美学病的人，把诗歌病也患上了。

2014 年 02 月 02 日 北京

假如

假如你没有在一朵花上躺过，你就不能称之为女人
假如你没有在一朵花上睡过，你就不能称之为男人

你躺着，自成一个自足的世界，你在你的躺中睡着
千山万水向你纷涌而来，却被你挡在梦外，你很美

那向你遥遥赶来的男人在他的奔走里不断发射他的
意念构成终将埋葬你的陷阱，他喜爱你这株生长在

异乡的植物！粉红的丝绸样光滑而健康的裸体如此
匀称，他就要用称之为亲切的陷阱啜饮你、针灸你

假如你没有被啜饮过针灸过，你就不能称之为女人。

2014 年 03 月 26 日 北京

一意孤行

飞机
从我发间起航时我感到一种可怕的命运已开始

飞机不是风筝，不能被我攥在手上
飞机不是太阳，不能在天空永久地照耀

那始自我发间的飞机被我养育多年
爱情这没有章法的家伙支持我这样做。飞机
飞机，为了你能安稳此生
请继续在我身边徘徉。

请看看你日渐萎缩的翅膀
请不要一意孤行当你从我发间起航我预感到一种可怕的命运
已诞生。

2014 年 03 月 26 日　北京

春日熊熊

明城墙外，春日熊熊
我将把我时时燃起的冲动系在一树细碎的梅花上

梅花，梅花，我形不成的字达不到的意由你代替
你白花中秘密的红点，饥饿妇女流不下的血滴。

你来自陌生，来自全新，你来了，此地依旧此地
你并非你。

我闻到不属于尘世的轻香，在雾霾的下午，春日。
你饱含诧异的香冒犯了我所立足大地的污浊
我愧对于你。

春日熊熊，明城墙外
桃花使用穿心术沿街乱跑，桃花总是乱的
被桃花穿过的心患上情绪的冷热病，有时喋喋不休似外婆
有时寂寂寡欢如少女。

老人们有本事在这春日下闲坐，一直坐到春日离去
老人们有本事在这春日下闲坐，一直坐到他们离去

春日熊熊，我体内的病毒又一次跃起
我吞下三粒速效伤风胶囊，被春风伤到的人有着喜
怒，无常的未来。

2014 年 03 月 28 日 北京

诗染

又一次来到熟悉的讲台

依旧手持话筒，朗读熟悉诗篇

鲁院，你幽深的大堂环绕永垂不朽的名字

而现世的人流穿梭

来而又走

你最终将把谁留下，成为金色画像

也许我用尽一生的写作只是一首徒劳的挽歌

不为歌颂

只为埋葬。

2014 年 06 月 03 日　北京

梦，洗澡

妈妈在浴室外敲门

于是我把浴室门锁上

我想为你洗澡

脱下你一件又一件衬衫，你的牛仔裤

你光滑的后脊背那么白净

和你脸上的黑形成对比，这时候我看到你的双肋

密密地长满黑的毛

在夜里它不会使我惊吓

因为我爱你

我使劲地搓洗你的背

妈妈在浴室外敲门

我要在她破门而进时把你的澡洗完

把自己给你——

就是这样。

2014 年 10 月 09 日 北京

虚掩之门

雨后
突然亮起的阳光吵醒了你的睡眠
你起床，絮叨，赶走了我的枯思

这时我正坐在桌前
这时我正虚掩着门
这时我正祈祷诗之灵感从天而降
直落我身

雨后阳光
被雨洗过
比雨前更晃眼
你被阳光晃醒的脚步先于诗神
来到我面前

——门为何虚掩？
——门虚掩是因为快递就要到了

门虚掩是因为诗神就要递来她的诗篇。

2015 年 05 月 17 日　北京

天堂自行车

梦游人骑着自行车飞奔出了梦境
他的双腿死命抖动他正奔向天堂

你摇他晃他而他不觉
你需要彻夜制造一辆天堂自行车以便天亮前
赶上并把他追回。

2015 年 05 月 27 日 北京

龙江桥上

在什么桥上，朝代更迭，自宋而今
朝代与朝代之间，以何昭示区别？

在什么桥上，风吹过空荡荡的大海，海因何而大

在什么桥上，每当潮汐将临，招潮蟹即摇摆蟹足
是潮汐唤使招潮蟹摇摆，还是招潮蟹把潮汐引来？

在什么桥上，你被黝黑而平滑的滩涂吸引
这平滑而黝黑的滩涂里，究竟深埋着怎样一个世界

在什么桥上，摩托车往来不止，这不宽的桥面生活滚
热的气息滴滴叫着，男男女女奔忙的面孔一闪就不见

在什么桥上你们聚拢合影，让落日充当背景
逆光中留下此生曾经到此的证据，然后四散

在什么桥上
风吹过空荡荡的大海，海面上波纹层叠，谁摁下的密码？

2015 年 6 月 28 日　北京

石竹山寻梦

石竹山
一场梦经由你诞生

一场梦来自白昼，白昼攀援而上
一场梦来自你迷茫的骨骼。你孤独地远走
于今重返故园——

没有足够远的远方可以接纳你的逃离。

你回来
和石竹山相依为梦。幽深的殿堂因梦，而明亮。

你把梦放置到石竹山，让山神帮你解析。

一场梦来自黄昏
黄昏太阳飞过，天空留下它的背影
绚丽堆积的云朵幻变着梦的水流，梦的路程。

石竹山，你打开梦之大门——
黑白的梦，天幕上拥挤的群星。
彩色的梦，但愿长睡不愿醒。
平静的梦，幸福的生活都是相似的。
起伏的梦，不幸的家庭各有各的不幸。

哭出泪的梦，把电话打到亲人耳畔，告诉他们你的爱。

笑出声的梦，有一个人走了过来，牵起你的手说，一起过吧。

石竹山，梦在石竹山

寻梦的人到此寻梦，心想事成，魂魄归身。

2015 年 6 月 28 日　北京

木箱上的图文有着不以人意志为转移的走向

先是有了木头
再有木匠，然后有了技艺，再有木箱

先是有了木头上的纹理，木头自身的成果
再是有了风，有了雨，有了烈日，有了蚊虫啃啮
一句话
有了时间携带它们——造访木头
木头上的纹理开始有了不以人意志为转移

的走向。它们从木头自身醒来
愕然于世界的繁复、鲜活，它们相互鼓励
你有你的，我有我的，阳光道，或独木桥
它们不想待在木箱上
有的长出翅膀
有的长出三条腿

它们荡漾，跳动
这一生，它们最想干的就是，冲出木箱。

2015 年 7 月 11 日 北京

史前人类对死后世界的想象

当我掉出人世

我被死后的世界收留

我被换上白色衬衫，和一群陌生人一起

我们握手

拥抱

询问各自来处

大都茫然不知前生

偶尔我们也打架

寂寞

独自流下伤心的泪水

（他们说那叫雨）

获悉在此我们再也不会死

我们欢呼（他们说那叫雷）

跳起篝火晚会（他们说那叫闪电）

我们气喘如牛（他们说那叫风）

我们东倒西歪

随处歇息，扯一片黑暗盖上

他们说天亮了

他们劳作，干活

一旦我们掀开黑暗继续狂欢

他们就该睡了。

2015 年 7 月 11 日 北京

海的版图由谁绘就

当我跟随沉船来到海的深处
我被海水肿胀的眼睛看见的除了恐慌
就是你，海的版图。

当我跟随沉船永埋此处
我被海水泡大的躯体成为海的一部分
我成为海的版图的绘制者

我对这个世界的参与，也是如此。

2015 年 7 月 11 日 北京

天空撕开的口子被海看见

天空撕开的口子被海看见
浓重的血色经海水的冲洗竟有一丝温情的红晕

你看到的永远不是你看到的。

躲着骇浪躲着惊涛船儿有自己的生存哲学
只有不认命的礁石日夜被激流拍打练出一身硬骨头

嗨好样的汉子我的黑汉子
你日夜嘲笑激流你的笑声哗——哗——哗——

我早已听见!

2015 年 7 月 18 日 北京

阿尔山之诗

你在我有限的词语之外，你是无限
但你必须被有限说出。无数个有限
终成就你的无限，阿尔山。

飞机把我从北京运来
穿过凌晨五点环卫工
杀杀杀死满街脏物的扫帚声响
我内心装着一座秘密的山它的轮廓如此模糊
我不知道阿尔山其实不是
山。

五点的北京
尚未有拥堵大军以至的士可以一路疾驰
的士快跑，携带着想象中的阿尔山你是否感到
车身里的这个人她的疲倦正被兴奋持续燃烧？

五点的北京
天光微亮，而阿尔山已是天光大亮
这是阿尔山在我到达之后告诉我的。

阿尔山有比北京更迟的落日，更早的日出。
阿尔山的夜，比北京更沉浸于夜之漆黑中。
漫步于龟背岩畔，感觉夜像一块巨大的冰雕撞击你

阿尔山六月真冷
你们微醉漫步于龟背岩畔的情谊真暖

你的左手，握住了这个世界的衣角
你的右手，和迎面而来的陌生的黑狗相握
我躲在夜的浓墨里，心里突突跳动着一只两只兔子
倘若没有你们
我将被夜的阿尔山吞噬。

好在天很快就要亮了
清冽的早晨，太阳早早把网撒向阿尔山
太阳的大网将捕捞起阿尔山遍布视野的绿色
红色、黄色、紫色，无穷色。
当太阳的大网收起
湖水哗哗，纷纷回到自己的湖里
每一道湖水都安于自己的本名。

你的呼吸应合了太阳的节奏
你和太阳一起醒来你迎着太阳走去
光线指向哪里，你就走向哪里，你是太阳花
你的行走只为解释太阳的存在

空中都是氧气的味道
我沉沉的睡眠有换骨骼的味道
我来此阿尔山，仿佛是来接受清肺疗法
我来此阿尔山，仿佛不在尘世中，这是一座
你的城市概念无法含纳的城

大朵大朵棉花。角度峥嵘的群山。暗黑的狮子。
幼神的脸。液体岛屿。哭和笑。莫可名状的陈述。
都漂游于天空
阿尔山的云，仿佛全世界的云，都从这里出发。

我一向对风景有难言的恐惧
言辞无法赶上风景，所以我不言。阿尔山
你打开了我的词汇库，看见空空的内里你是否心伤？
其实我只是想为你创造新的表达方式
肯定有新的表达方式独属于你阿尔山。

把阿尔山搬到诗里用美学的铁锹够不够？
把阿尔山搬到诗里用情感的挖掘机够不够？
把阿尔山搬到诗里我没有铁锹也没有挖掘机
把阿尔山搬到诗里我有日复一日的焦虑和压力。

一块火山石掉进了你的眼里
却划伤了我
你牢牢地抱住了火山石但你终有松手的一天
倒不如现在就松手
倒不如现在就把它还给阿尔山。

我也想把阿尔山牢牢抱住
但我终有松手的一天。倒不如现在就松手
倒不如现在就离开阿尔山。

2015 年 08 月 01 日 北京

跟着黄河一路走

这一路我舍不得睡
我要睁大眼把黄河的每一道波纹数清楚

这一路我舍不得放过黄河岸边的群山巍峨
连绵的山，山叠山，山山之间有瑰丽的景致神幻万端

这一路我看着对岸的村庄和小镇
我在山西看陕西，我在想秦晋之好，也在想秦晋之怨。

这一路我看到山河的壮丽也看到土地的贫瘠
人民的穷困，荒凉啊，荒凉！泥沙在轮下蜿蜒

政府终于把路修到了这里。

这一路我默默祝福吕梁大地，愿你绝美的风光为
广大的风光之外的旅游者所青睐！

2015 年 11 月 1 日 北京

在成吉思汗的土地上一切都不可测

天

突然暗了下来

此前还在燃烧的太阳的火球哪里去了

血一样流淌的大团大团云层哪里去了

风猛烈劈下

杨树叶摇摆的幅度有点大了

万物被昏暗披覆了

雨点如巨人的拳头砸下来了

在我们匆匆下车跑向蒙古包的间隙

风掀翻了雨伞

雨包裹了我们

如此短暂的一刻天地骤变

仿佛成吉思汗训练过的骑兵团

以迅雷不及掩耳之势

洗劫了我们

2016 年 8 月 23 日　北京

阳光只有洒遍草原才叫尽兴

临近黄昏

即将坠落的夕阳挣扎出云层

阴霾消散

敖包亮了

五颜六色的经幡亮了

草原镀上金光

天地瞬间开阔

姑娘们喊着一二三

跳

摄影师抓住她们的跳了

脸容放光的姑娘

披着金黄的长发

一二三

跳

2016 年 8 月 23 日　北京

索菲亚大教堂

年轻时我让"死亡"和"灵魂"充斥我的诗行
现在的我只想把"平安"和"健康"写进生命辞典

我的愿望在一点一点落到实处：
没有雾霾，没有恐惧，"文革"不要重来，人人有饭可吃……

2017 年 1 月 17 日 北京

舞狮少年

舞狮少年

你看不见他的脸

他们披上狮子的外衣，模仿狮子的

腾、挪、跳、跃

在一米高的铁柱上转身

扑球

吓得你不断惊叫

舞狮少年

一个舞狮子头

一个舞狮子尾

究竟要摔打多少次才能把一件狮子布衣

舞成一头

真正的狮子？！

究竟要在黑暗中哭泣多少回才能迎来

阳光下的掌声

和喝彩

舞狮少年

我看见你们从狮子的头狮子的身

钻了出来

表情严肃

如同从来不笑的狮子。

2017 年 7 月 4 日　北京

在哈尼梯田伟大的劳作让我们失语

你掏出手机
翻寻出哈尼梯田的冬日之景
收割后的田野宽窄不一，豢养着水
和水里的鱼儿它们游动的影
豢养着天空令人欲泣的深蓝，和浅蓝
豢养着永不缄默的云朵它们的白，或黑
豢养着微风或狂风、微雨或暴雨
豢养着风过梯田翻爬山梁般一层又一层
你见过一千道一万道的山梁吗我没有
但我见过一千层一万层的梯田在坝达
在元阳
我见过夏日哈尼人的劳作养育出的禾苗青青——

这锄头饱蘸汗水开垦出的活命的梯田
在我们的眼里称之为艺术。

2017 年 7 月 9 日　北京

小众书坊

小众书坊的寂静

先锋于南锣鼓巷的缭乱

我路过茅盾故居

看到1949年前的茅盾

先锋于1949年后的茅盾

真先锋于善和美

不考四级先锋于考过六级

拒绝一切奖项先锋于领奖领到手软

方言先锋于普通话

无所求先锋于有所求

没有一个特殊的时代

绝对先锋于另一时代

我们要做自己时代的先锋而不是

等待一个先锋时代的到来才先锋

2017 年 10 月 15 日　北京

长江在泸州

瘦，而静
而灰而暗

长江流经泸州的时候还没有经验
她蹑手蹑脚，动作不敢太大，叫声不敢
太响，面容不敢太过妖艳。她流经泸州
的时候正是刚入婆家的小媳妇
屏声息气
未谙姑食性，先遣小姑尝

我来到泸州的时候
已到了当婆婆的年龄
我喝了一口长江端上来的泸州老窖
便足足醉到京城。

2017 年 11 月 11 日 泸州

林坊水库

（画家林维的故事）

哗。哗。哗。

深夜十二点还有人游泳？

我往林坊水库望去

水声停了

我继续踩自行车前行

哗。哗。哗。

水声又起

索性支起自行车看着水库

想找到那个游泳的人

四野寂静

孤月悬照

林坊水库无波无澜

18岁的我

第一次懂得了害怕

我飞身上车

使劲往家的方向踩去

在看到村庄灯光的瞬刻

被一条猛扑过来的大黄狗

吓了一跳

它低吼着

状如猛狼

我冲进家门向母亲道及一路见闻

母亲说没事

脏物已被大黄狗赶走

当天晚上

有一十八岁青年看夜场电影回家

酷热难挨

到林坊水库游泳

溺命

2018 年 2 月 4 日　北京

天桥往事

王小辫扛着中幡
下盘稳健，来到天桥
好家伙
但见他用头用肩用胸用肚
把个中幡顶得呼呼作响
起
他大叫一声
直径半尺长三丈重三十斤的中幡
直直地
戳到他的门牙上
门牙纹丝不动
中幡纹丝不动
我从捂住双眼的手缝里窥视到这一幕
小心脏乱跳
咸丰三年
拳匪还没进京城
菜市口还没砍头
王小辫正当壮年
我五岁
还没生出袁世凯

2018 年 3 月 30 日 北京

卧虎藏龙

俊俏的小媳妇

骑着精瘦的小黑驴来到天桥

她扭动小腰肢

抽烟，唱戏，抛媚眼

她说奴家命苦

三岁丧父

七岁丧母

各位好心人给点零花钱让我养活

我的小黑驴

铜钱哗哗

砸向她

俊俏的小媳妇离开天桥

来到拐角处翻身下驴

揭开驴头哇

站起了她的老公

关德俊

2018 年 3 月 30 日　北京

晚安

你有勇敢的心

把手浸入这个夜晚

这样黑的夜晚

你自大

像肚皮鼓鼓的那只青蛙

提着一股气

跳进了尘世

你唱歌

驱赶灰色的孤独

难道没有更好的睡眠可以解决思想茂密

的烦恼？你总是回头看

看到正在变成过去的此刻

风口越收越小

正好可以收进你的胆战

心惊

五岁时你看到一个

邋遢的老女人坐在窄小的木门前，木门脏

而乱，你问妈妈

那个人是谁

妈妈回答你，"被镇压的

地主婆"

2018 年 4 月 6 日 北京

1975，南山寺

妹妹是黑白的
姐姐是黑白的
她们在大雄宝殿右侧的那株槐树下
笑
笑容灿烂
是彩色的
那一年父亲和母亲尚还恩爱
父亲借来一台相机
相机是黑白的
胶卷是黑白的
自行车驮着一家人
自行车真了不起
后座妈妈
妹妹在妈妈怀里
前面车杆是我
一条路从漳州茶厂一直修筑到
南山寺
我们没有让这条路白白修筑
我们被永久牌自行车驮着
从漳州茶厂
来到南山寺
只为了把彩色的笑
留在
黑白时代里。

2018 年 4 月 7 日 北京

大海没有泪水

大海没有泪水
没有父母，没有子女，没有感情
没有众生平等
大海只有自己
只有自己的平静与狂怒
只有自己水做的筋骨与肌肉，只有自己
紧紧抱在一起的水和水
永远不分开

大海只有水
没有泪水，大海不提供褒义和贬义
不提供蓝色和绿色
捧起大海，不见蓝色，不见绿色
大海就是大海，味咸，无色
大海就是水

2018 年 5 月 22 日　北京

雷暴雨

雷暴雨

在浦东的街面追着瑞箫灰色的小车

瑞箫灰色的小车追着地铁二号线的我

我从浦东机场撤出就像我的航班从天空撤出

雷暴雨

仅仅只是一场雷暴雨

就迫使全体航班从上海的天空撤出

雷暴雨

仅仅只是一场雷暴雨

就迫使罗振亚教授改乘火车一路站到

沧州，就迫使我改换地点

睡到上海绿城瑞箫的床上

当我从二号地铁世纪公园站冒出头

瑞箫的灰色小车穿过雷暴雨的击打

穿过闪电

和李小溪的恐慌（车都抖了她说）

停在我面前！

2018 年 5 月 28 日　北京

故乡雨大依旧

返乡的水

游荡在故乡的雨夜

返乡的水混同故乡的水

游荡在故乡

瓢泼的雨夜

雨夜中一朵朵伞花游动

每一朵都藏着

古老城市的泪滴因为这是

故乡的雨

故乡的水

因为这是离乡背井人羞愧的往昔

我肯定不是良家妇女

我肯定我不是良家妇女否则就不会

背井离乡

我应该守着故乡红砖墙和雨水浸润出的

黑褐屋檐

生一个女儿抚育她成长

生一群乱跑乱叫的梦想

看它们汹涌

看它们枯萎

我应该守着故乡红砖墙黑褐屋檐下的老父老母

牵他们度过旺盛的中年

牵他们度过衰竭的晚年

我应该守着故乡的荔枝、龙眼和芒果

守着水仙、玉兰和木棉

守着榕树、樟树和槐树

守着地瓜和地瓜腔

守着我们的闽南语

但我没有

雨夜潮湿，苔藓潮湿

西桥亭旧壕沟已更名宋河

大通北黄江嫔已更名安琪

举着流水的雨伞行走在故乡的青条石板路上

故乡雨大依旧

故乡依旧

浇灌我，用有情有义的雨，用悲欣交集的雨

和水。

2018 年 6 月 2 日　北京

穿皮鞋的狮子

嗨

穿皮鞋的狮子

穿黑色皮鞋的狮子

四肢挺拔，瘦削，像我从未谋面的弟弟

他从妈妈的肚子流出

就投胎到你的妈妈那里

现在他蹦跳着

对我点头

扭臀

皮鞋踢踏，锃亮，我的弟弟如果你活着

一定像狮子一样威猛

调皮

我的穿皮鞋的狮子弟弟

锣鼓声中我们交换前世的秘密

看见洒水车缓缓驶过金宝大街

行人们纷纷躲避只有你

冲了上去

我要赶紧跑回家对妈妈说

我见过你不曾见过的儿子

我的弟弟。

2018 年 6 月 15 日　北京

她

墨镜。烟。礼帽。她

哈哈哈哈哈哈哈哈。她

绘事后素，再泼上墨，涂黑她

再泼上血，血，血，血淋淋她

陪伴你的马被钉在墙上，被地下，被沉默，她

阳光毒辣的日子

你从通州来到上苑尼桑车压碎

三个小时和七八个老人的闲聊，退，再退

直到退出绣球花的世界，你在她中寻找你

你

不是她。

2018 年 6 月 30 日　上苑

万荣抬搁

每一个孩子

都在空中被安排了一个位置

每一个油彩满面的孩子，被装扮成关公

貂蝉、牛郎、织女，被装扮成张生莺莺

他们在空中或站

或坐

手握长矛，或青龙偃月刀

无一例外

在远离地面二至三米的空中他们

表情僵硬、惊恐

我亲眼见到一个孩子静悄悄淌下泪滴

却不曾哭喊

他

左手执着马尾

右手握着长鞭已经没有

第三只手去擦拭泪水了

这些成人的道具

被各种器械固定在远离地面二至

三米的空中

他们是爸爸妈妈

爷爷奶奶的心头肉但此刻他们是

非物质文化遗产。

2018 年 9 月 25 日　北京

普救寺

普救寺里

菩萨退位

爱情成为主角

爱情就是菩萨

普度张生

普度莺莺

爱情脚踩桂树，小心翼翼

翻墙而过

经由红娘接引

生米做成熟饭

阿弥陀佛

普救寺里

色即是命

命即是色

一部西厢记，把普救寺

从万千寺庙里解放出来

使它至情

使它至性

使它千古传唱，成为圣地

一部西厢记，爱情和越界

高于清规

高于戒律

高于普救寺

2018 年 9 月 26 日 北京

福建

年轻时我想脱去的故乡

我极力想脱去的故乡，如今还在我身上

并已咬住了我的骨血

我和它曾有的紧张关系

我和它的恩怨，都已被

时间葬送。我悲喜交加

写下：

没有更好的故乡生下我

没有更好的故乡哺育我

也许有

但我已命定属于你

我的第一声啼哭属于你

我的第一次欢笑属于你

我踩出的第一个脚印、写出的第一个汉字

属于你

我爱上的第一个人

我爱上的最后一个人，都属于你。

2018 年 10 月 7 日　北京

厦门

日头高照

万花聚集，你一落脚就踩进了深秋

厦门的深秋

迎你以海水和透亮的空气

迎你以血亲。BRT上，每一个吊带裙女孩

都像是你的女儿：面孔白净

下巴瘦削

双手在手机上快速滑动

眼神专注却不看你一眼

你前世留在此地的种子

你身体中冲出的小母驹

已然长成

日头在前，万花不灭，你骑着海浪来到厦门

深秋的厦门

天空刷满蓝色的油漆

语言的无政府主义者

来到此地。

2018 年 10 月 7 日 北京

九龙公园：给陈唱

从九龙公园奔跑而出的

漳州的孩子

其中必有一个你：三岁的小手

紧紧抓住旋转木马

歌声中飞升的笑脸

成为妈妈关于你的最深的印记

三岁的小手

还能牵到妈妈的大手

再过七百三十天

狠心的妈妈就将掰开你的手

去往北京

再过五千八百四十天

狠心的妈妈路过九龙公园

四处张望

不见三岁的手

三岁的手已长到二十一岁

二十一岁的手

可以拨柳琴

可以弹钢琴

但再也不牵妈妈的手

2018 年 10 月 7 日　北京

在吾乡，雨是寻常事

我见过少年的雨
在我和妹妹共用的一把黄色帆布伞上
跳来跳去，跳来跳去
泥泞的小坑头泥巴路，泥土吱吱
从我们的脚缝里挤出
穷人的孩子
舍不得在雨中穿鞋
四只脚掌噼啪作响
四只白嫩的脚掌，在小坑头泥泞的
泥巴路上噼啪作响。泥土吱吱
从她们的脚缝里挤出
雨水中的姐妹俩
雨水中的四只手，你争我抢，一把伞
遮不住两个人

那少年的雨还在小坑头
那少年的雨还在寻找那把黄色帆布伞
那少年的雨不知道
姐妹俩已被时间推出少年，推入青年
推到中年，她们还将被时间推进老年
最终她们，将要被时间，推出时间——

那少年的雨不知道！

2018 年 11 月 9 日 北京

春天在后面

我又一次来到宋庄

熟悉的口哨、小巷，星星一样密集的灵感

你看

喝醉的人悲伤的人

狂欢的人构成这个下午的局部

我伪装成一首歌混进霓虹闪烁

的新年现场

新年了

宋庄，你好吗

你好吗？为什么我这么喜欢你

我是喜欢你的颓废

还是喜欢你的激情？我是喜欢你的

瞬息万变的情感还是喜欢你

今天不知明天在哪里的生活？

孩子们都有清澈的笑容

宋庄的孩子

总是比别处更美、更艺术

亲爱的朋友

你抱着孩子站在那里

你给了他/她一个宋庄的今天

请你再给他/她一个宋庄的明天！

2019 年 1 月 10 日　宋庄

为白浮泉枯竭的水写一首诗

有时

词语们会不告而别，离开你

究竟哪个时辰

因何缘故，词语离开你

你不知道

你坐在电脑前

对着空白的屏幕，手放在按键上

却叫不出任何一个字

这些组成诗句的字

就像白浮泉的水，已经干涸

曾经它们从九条龙的龙口

跑出

哇哇喊着

奢侈得用也用不完的水啊

被郭守敬牵出龙山

引入城内

成为大运河北端的源头

多么物有所用的水

不蒸发于提着光焰升落的日头下

也不渗入地底，去浇灌黑暗地母的饥渴

它们

参与了通惠河的建设，帮助漕船

直接驶入积水潭

多么热心肠的水！今天我站立在你面前
却见你已无踪
你所栖身其间的白浮泉已成遗址
墙上的诗句
留下了你曾存活于人世的证据：
凭虚喷薄泻飞泉，矫矫翔龙出九渊
我想我也要像那个姓崔
名学履的明朝书生，为你写一首诗
哪怕我的灵感已经枯竭
我也要用我枯竭的灵感为你写一首
同病相怜的诗。

2019 年 3 月 10 日　北京

女神的礼物

每天
都有一个不睡觉的女神
连夜赶制蓝天
白云
和太阳，以便在你睁开眼睛的一瞬
接到这份
女神的礼物！

2019 年 3 月 15 日

年轻的海

我摸到年轻的海
我摸到年轻的海饱满的肌肉
这是骨骼发育正旺的海
我曾爱过的一个青年
我爱过他羞涩的汁液、他连母亲
都不能透露的心事
我也爱过他恰到好处的弧度
青春的脊背！
我说，嗨，年轻的海
你可没有我爱过的人的矫健身手
他劈叉双腿
整个宇宙都会为他鼓掌！

2019 年 3 月 20 日　北京

宋庄的春天

吴强。吴强。

有一首诗在你的长发有一首诗

在你的墨镜，有一首诗在你的歌喉

有一首诗在蓦然击中我的苍凉感里

帮帮忙吧

悲伤太沉，愤怒太重，我听过你的

悲伤我听过你的愤怒

天堂里究竟怎么样你不断发问我摇了摇

头，我也不知道

我只知道我更爱人间，我更爱

波涛汹涌的人间，抑郁的人间

意义的人间

你有两个可爱的孩子他们都有

帅气的眼睛当你为他们歌唱时

哦春天来了。

2019 年 3 月 23 日 宋庄

一代人的青春

需要有这样一个村落
来安放一代人烈焰焚烧的青春
来安放青春的狂热、青春的口号
青春的冲动，青春的拳头，青春的无知
青春的盲从，青春的锄头，青春的老茧
青春的红宝书，青春的金像章，青春的
疼，和痛。青春的纯真辫子，青春的笑
青春的月经不调，青春的伤，青春的哭。
青春的偷鸡摸狗，青春的彻夜难眠。
青春的苦读，哪怕看不见前景也要苦读
因为爱。
青春的苦闷，被黄土掩埋的理想被老牛拉着的
慢腾腾挪动的岁月，无望。
青春的落地生根，孩子哇哇坠地时你的青春
就老了。
青春的奉献，有的献出了青春
有的献出了生命。
我在一张黑白照片前停了下来
年轻的妈妈
笑容灿烂，一点也不知道她的青春
正在作废。

2019 年 5 月 7 日 北京

白茶之夜

陆续有人加进这个夜晚

来，挤一挤
白茶总能腾出它的青涩给你
你的遥远的青春正从遥远的某地赶来
只需一盏茶的工夫
你就将与你的青春重逢

那雨水和泪水筑就的青春
那失败与再失败、努力与再努力修砌
而成的青春，此刻已站在金海湾酒店
玻璃门外，今夜，你与你的青春
在此相认
啊，身形瘦削的青春！
一无所有的青春！

今夜，白茶见证了青春脸上的惊愕
肿胀的中年，羞愧于青春的矫捷
怯懦的中年，羞愧于青春的勇猛
平庸的中年，羞愧于青春的激昂
一再妥协的中年
羞愧于青春的无所顾忌、青春的奋不顾身
即将萎谢的中年，羞愧于青春的茁壮成长

今夜，我奉上一杯白茶

致已经消逝的青春。那些埋藏在

青春体内的秘密，尚未到可以解密的一刻。

2019 年 5 月 19 日　北京

白纸青春

穿白衣的少女，她蓬松松的裙子

也是白的，她的腰带是白的，低帮鞋是白的

她的面孔也是白的，心灵也是白的

她是一张白纸尚未涂上莫名其妙的一笔

她和一张白纸共舞，白纸时而在她脚下

时而在她手上

白纸就是她的青春，无邪。

白纸就是她的爱情，虚空。

一张白纸的少女，双手提着裙裾，躬身前行

起初只是踱步

后来就是旋转，啊清秀的少女，天地辽阔

如无边的白纸，适合你奋笔疾书

美好诗篇。

你旋转、旋转，仿佛一支永远也不想停下的

笔！

我看见月亮倾倒它的光芒到你身上

鼓声激荡

箫声神秘，每一个人都是自己的纸，和笔。

2019 年 10 月 22 日　北京

一次性

自然是花谢更让人惊心

一朵一朵，或独自萎顿、飘零，或三五成群

从枝头跌落，泥土地里打滚、翻转，渐渐地

渐渐地

退出了宇宙、退出了

自己的生命。柔软的身子，依旧那般娇美

却也是那般绝望，一朵，一朵，从我们的

视线里消失，我生命中的那些亲人

也是这样走出了我的视线

我也会这样走出

我的亲人的视线。会有绿色枝干的花苞

从我的躯体长出，回到我们

共同热爱的尘世，我和花拥有同一片大地

同一轮日升、月落——

这一次性的生命，我们茫然无知地出生

却无比清醒地离去。

2019 年 10 月 23 日　北京

重回呼和浩特

写下"重回"，眼泪盈眶
有一件往事你不懂，我懂。有一件往事
现在还不能说，不能写。有一件往事埋葬
一个我，一个他
有一件往事已死十四年却在我踏上呼和浩特
的瞬间突然复活
必然复活！
有一件往事已找不到痕迹以至我怀疑我是否
曾经历，有一件往事其实被我有意遗忘因为
我不想它存在但呼和浩特说
它确曾存在
呼和浩特，青色的城！你青色的记忆
那么鲜活、那么旺盛好比他
和我的青春
呼和浩特，青色的城，你永远青色满是
勃勃生机但我已然老矣
我已然老矣
既然已老为什么不让往事就此消隐？
让往事消隐吧呼和浩特我是全新的一个我
是落日雄浑的辉煌包裹着的这个我
我决意遗忘
彻底遗忘
有一件往事必须遗忘必须彻底遗忘我来到

呼和浩特

就是来学习遗忘，这是我写给遗忘的一首诗

一首追忆和悼念的诗。

2019 年 11 月 27 日

真实与虚无

从地平线的方向看
一辆宝马在不断向它碾压过来，车轮滚滚
这宝马不是那宝马。很明显
布连河马场更喜欢那宝马，肉身的宝马
红鬃飞扬的宝马、矫健马蹄的宝马不会
在它的躯体上切开一条路，一条
钢筋水泥路
现在我就在这钢筋水泥路上
奔驰的宝马，不断冲向地平线，地平线
不断后退，不断后退
这是真实与虚无的对抗，我拿起手机
隔着车窗玻璃录下了地平线不断后退
的步伐——
它后退的速度远远大于我们冲向它的速度
一整个天空都在后退
太阳也在后退
我们的宝马多么孤独，浩瀚的布连河马场
冬日
浩瀚的冷和寂寞，我知道我们永远也冲不出
地平线，就像真实
永远打败不了虚无。

2019 年 11 月 28 日　北京

冬，希拉穆仁草原

冬日，彻底颠覆了
我们对草原的想象，希拉穆仁草原

绿色不在，柔软的草不在，惊叹不在
我们木木地站在辽阔又辽阔的黄色面前，木木地
希拉穆仁草原

蒙古高原在这时终于坚硬，风坚硬
日光坚硬，草皮坚硬，无牛，无羊，无马
无人，希拉穆仁草原

我们千里迢迢，从北京来到这里
只为看一眼传说中黄色的河，无边无际，无边
无际，希拉穆仁草原

这是寒冷的地盘，这是荒凉的地盘
人啊，你永远拿这冬日的希拉穆仁草原没有办法
你没有办法！你连多待一会儿都不行

你缩回宝马车的窘相寒冷看了会笑
你缩回宝马车的窘相荒凉看了会笑
那就驱使你的宝马车回到你的来处，这里不是

你该来的地方，冬日的，希拉穆仁草原！

2019 年 11 月 28 日

黄河在老牛湾

一条河怎么也不明白
为什么转个弯就从内蒙古来到山西
一条内蒙古的河
和一条山西的河其实是同一条河
黄河
黄河不黄，在老牛湾，黄河很蓝
很绿
还闪着玉石的波光
正是初冬，大部分黄河在默默流动
小部分黄河已结冰
青翠的冰面上滑行着我的注视，你的
注视，我们从呼和浩特奔赴前来
经过葵花秆地
苹果地，经过枯萎的谷地
和大青山路过的可镇
我们带来了一路的壮阔和感叹却突然
在你面前哑静
黄河黄河
伟大的河
我得有多么爱你才能离弃长江居住的南方
来到你居住的北方！
黄河黄河，你一路蜿蜒，所到之处
我也一一到过

现在是我身上的血和你呼应的时候

现在是我对着亘古不变的山川大喊一声

"黄河"的时候!

2019 年 11 月 29 日

哗

肖邦的钢琴曲

和百丈漈的瀑布声哪样

好听我不知道，我只知道

对着百丈漈的瀑布弹奏肖邦

肖邦

会被淹没得，无声无息。再努力

的肖邦也比不过百丈漈的一滴水

它混合在一群水中

前赴后继

跳下悬崖，粉身碎骨前大喊一声

哗

便足以将肖邦打败。再伟大

的作曲家也敌不过百丈漈一滴水

哗，一滴水叫喊着！

哗哗哗，一群水叫喊着！

无须技巧

无须升C或降E

无须大调

或小调只需亘古恒久一个音

哗

便足以打败肖邦，打败肖邦

莫扎特、贝多芬组成的强力军团

便足以打败

人类想象力创造的极致——

一曲难忘啊百丈漈
你只用一个音
便演奏出了最伟大的，山水交响！

2019 年 12 月 17 日　北京

那些尚未被看见的

我还是觉得你有事瞒着我

你动作快点，询问的时候要小心

不要让死亡看见你的面孔

请把背影留给它

请把居住地址牢牢保密

我的意思，死亡已经掌握了相关信息

即便如此，你也不可实话实说

暗中守护你的是你的爸爸

他已死去多年所以他熟悉死亡

他已为你买下生的指路牌

你会继续生

继续生

为什么不能接受这一切，如果某人爱你

他就会看见你已被死亡忽视

你的爸爸

挡在了死亡面前，事情的经过就是这样。

2020 年 4 月 15 日 北京

世界说

失败者会不断去博取下一个胜利

却还是失败，于是他继续博取，继续

失败。为何就不能给失败者一次胜利

如果给失败者一次胜利他就不是失败者

这是一个悖论

为了失败者的名分他不能胜利

世界

您是不是不太公平？何止不太

是太！世界您看我是失败者还是

胜利者？世界哈哈大笑，我说了不算

你必须去与胜利者过一招

如果你连胜利者都能战胜，你就是

永恒的胜利者！可是世界

如果胜利者败在我的手下，他如何还是胜利者

如果胜利者失败了

他如何确认胜利者的名分？哎呀世界说

这是一个悖论！

2020 年 4 月 15 日 北京

青春苍茫

活出个性

当然人人想，问题是，你有个性吗

你有个性你能活吗

那些一出生就老了的人，喘一口大气

就苍茫了，青春何在

青春是虚词，徒有青春二字

你想再坚持一下等热血前来

但热血早已在漫长的等待中冷却了

我相信这一切都应该有个结果

周围的人都老了

你也无能独自青春，青春苍茫

长叹一声，把自己挺身给怯懦

个性都死了

死在活着里。

2020 年 4 月 15 日 北京

寂寞者

每天下午四点
寂寞者准时向远方打去电话
你是那个接电话的人，你有时醒着
有时睡着因此你有时接到电话
有时没有
寂寞者不知道，你也是个寂寞者
真正寂寞，不愿意跟任何人交流的寂寞
你只想待在自己的书里
自己的画里，你拒绝生活已有多年
因为你是自寻寂寞的寂寞者，比那个
打你电话的寂寞者还寂寞
你承认
现实中存在着某种难以对接的情感
无关道理、无关逻辑，无法求证也
没有结果
你在自己的寂寞中游走，紧紧抱住
一堆往事，啊往事太过刻骨，饱含
无解的混乱，你最终选择遗忘这是
你寂寞的真正理由，我知道。

2020 年 4 月 16 日 北京

在阿尔卑斯山下

所有做过的事都会留下证据
好比那一年、那一月、那一日，我带着
一把生锈的钥匙、一只老黑贝犬和一位
名叫曹雪芹的旅伴，在星光的护送下
来到阿尔卑斯山，我们在山下喝粥
举笔，第十遍修改《石头记》并最终决定
此书定名《红楼梦》。阿尔卑斯山终年不化的
雪
庇护着整座欧洲大陆也埋葬着一只
单眼凤凰——

腰肢纤细的凤凰
总有一天会复活，它将在复活那日
被你遇到，告诉你，这一切，都是真的。

2020 年 4 月 16 日 北京

隐秘生活

请回避一下
我想晾晒我的生活，不要
一直跟着我。我找了五十一年
才找到这一片空地，没有一根草
也没有一声鸟鸣的空地
所有的痕迹
都已被清理干净（但最终留下的
却是清理的痕迹）。请回避一下——
风和雨，和上帝，只留下光

我要晾晒我的生活。如你所知
我的生活分成公开
和隐秘两部分（谁的生活
不是如此！）鉴于你
已知道我的公开生活
现在我要晾晒的
一定是我的隐秘生活
请你回避。

2020 年 4 月 16 日　北京

这个世界会好吗

这个世界会好吗
我相信会
这样我才有力量为世界注入我的意志
我是世界的一部分，如果我妥协绝望
世界的一部分
也就妥协绝望。每个人的妥协
绝望，都会抽走世界的一部分意志
我希望每个人都能像我一样答一声
会
因为我们都在这个世界。

2020 年 4 月 17 日　北京

哈拉库图

日轮。车轮。
日轮在上，车轮在下，日轮
照耀车轮，车轮紧咬日轮，一路奔驰
荒芜中不断奔驰，不断奔驰……来到
哈拉库图

更大的荒芜——

老人们依墙而坐
而立，皆着黑衣、黑裤，皆戴有檐黑帽
这是见过昌耀的老人
这是没有见过昌耀的老人

黄泥土路不宽
也不窄，正好容纳一辆大巴驶入
大巴上鱼贯而下的人流刚从昌耀
的诗中走出，哈拉库图，昌耀的
哈拉库图，此刻我们，就在其间

"是这样的寂寞啊寂寞啊寂寞啊" ①

一岁零七个月的孩子
推着他的小童车打转转，奇异

又欢喜的感觉在我心中滚动，不说话的孩子
请接受我爱的表达，请被爷爷抱在怀里跟我
来到小卖部，我给你买八宝粥，我给你买饼干

他们爬上山巅时我还在山脚下遥望
夯土筑就的城墙依山而建所以他们爬上的
是城墙
是"已随武士的呐喊西沉"②的城墙
乾隆四年修筑
乾隆五年竣工，扼守着日月山及药水河上游
的城墙如今只扼守着——

哈拉库图。昌耀！

2020 年 9 月 29 日

注：诗中两处引用均为昌耀诗句。

清水营的瓷片

这瓷片留下过谁人的唇水
谁人的手温，当他端起你时他还活着
当他死去，被敌人的箭簇穿透，你会被
另一双手端起，被另一只唇接触
谁也不知道
这瓷片究竟经历了多少人
遇到过多少事
它最初是一只瓷碗，然后是一块瓷片
从瓷碗到瓷片，中间发生了什么
是否有一场惨烈的战事被它见证
瓷片不语
阳光下它锋利的裂口杀气甚重，这是被死亡
教育过的瓷片，它残躯，却依旧活着……

2020 年 10 月 29 日　北京

辑四 | 在历史中

走遍莫扎特

我相信莫扎特作为音乐材料的现实性
那么暗淡的阴雨线条在此刻
黑衣人的传说如同举着盾牌
如同把九重大门——推开

欧洲已经分出两旁丽日
欧洲的丽日
晴天中有砖铺就的古典主义

它们直接闪射下来
穿过集体主义的风 风的长发 长发的泪水
绝望却向上的力量！

那就是莫扎特的快速旋律
偶尔柔缓，容得下一世界的哀伤
偶尔放置下高音的梯子，沿着咏叹的路径
我和诗一起起伏不定

变冷的手抱成一团
下午抱着上午，脸抱着滑过的深呼吸
奥地利从欧洲走出像天才按住胸口
三年以后，我三十六

应该有一双安静的睫毛得到祝福
远远地，为生活奔波的人很快就要走近
数不清的物质困窘　如果音乐不行
就用诗来解救！

2002年　漳州

曹雪芹故居

2005年春节我做了两件与曹雪芹有关的事
一、第九遍读《红楼梦》
二、和小钟到黄叶村看曹雪芹故居

这两件事又分别引发两个后果
一、读《红楼梦》读到宝玉离开家赶考时哭了
（宝玉说，走了，走了，再不胡闹了。）
二、看曹雪芹故居看到曹家衰败时笑了
（我对小钟说，曹家的没落为的是成就曹雪芹。）

在黄叶村曹雪芹故居里
我一间房一间房地走过，正是暮晚时分天微微有些阴
行人绝迹，一钟一安一曹尔。

2005 年 3 月 26 日 北京。

黄昏破了

正当黄昏像艾略特被施了麻药抬到手术台上
一代诗人惊讶崛起

他们围观黄昏、艾略特，仿佛自己就是施麻药的
医生，他们互相塞给对方手术刀
消毒剂
互相洗脑，灌肠，为自己换了身现代的衣服

黄昏自此走出感时伤怀意境一下子变得
血淋淋，或病快快
正当艾略特从荒原中回来他看见他的猫
舔着雾的脊背两眼发出红色的光
那群伪装医生的人手术刀抖动着
在文字间迈不动蠢笨的躯体

很明显他们的衣服并不适合他们
黄昏破了
他们苍白地丢失了现代的背影。

2006 年 12 月 6 日 北京

你我有幸相逢，同一时代

——致过年回家的你和贺知章

想象你在路上，一切有价值的行走，路的行走

轮子的行走，马的行走

想象一群树繁华落尽，倍感萧索，想象

灰色，轻灰色，重灰色

一路伴回家的人相遇故园的鬓毛已衰

想象一下，你的登峰造极在未来的节律里依凭

某种成败而定

江山激昂，或来年春暖，关于此生

犹如诗酒入瓶

犹如我最愿生活其中的春秋与唐朝

犹如马，行走在一路的光上

路在光上

你我有幸相逢，同一时代。

2007 年 2 月 10 日 北京

多年以后我住到南宋村

多年以后我住到南宋村，晋山晋水，往事犹存
我曾经仁过，智过，曾经努力过，最终却绝望
我被记忆带到了春秋
末年已到，人世恍惚，我依稀记得我的三个重臣是如何
密谋着吞食我的国土，我的子民，并最终得逞。
我死了但从我躯体中活出去的三个儿子
我强悍的继承了我骨骼血液的三个儿子
名韩，名魏，名赵，它们灼灼有光
飒飒有风地一直一直长，直到长成
战国七雄。

多年以后我住到南宋村，此村秀丽
有五凤来栖。此村儒雅，时间传递过来的
书声朗朗都候在房梁屋脊
朝霞铺陈开的红色丝绸为我的山河增添壮丽哦我爱
这飘荡着久远气息的鸡鸣之晨！
我在夕阳中的行走不断遇到朴素的问候因为我不是
无数人中的一个，我胸中藏着的万千激流正为我
布置一场美妙的柔情它纠缠，怦然。
我百分百——
我百分百将把我的爱人领进南宋村，多年以前她是我的
痛苦之刺细细，而尖锐地，扎在我肉里。

我将和她重新开始，不记前尘，不记前臣，恩怨两清。

2009 年 7 月 16 日 北京

星月寂静夜说给公瑾听

墙上的剑发出吸血的寒光，公瑾，我听到它在叫你
我也在叫你，
我在你呼吸的边上，此刻，星月寂静唯有你的呼吸发出
吸血的寒光，我问你不打行吗？
你说不行，你说曹贼已到家门口他就要夺走我
你说东吴女子三千哪一个都是我
公瑾，在那将来的酷烈战役上，我不能学那虞姬善舞
为你慷慨悲歌一曲
也不能仿西施施计，愤怒中献出此身
在那一生中最委婉的秋天，父亲把我许配给了你
你，吴国最雄姿英发的才俊
最先得以用你的生命来与这个国家的危急存亡匹配
你，我唯一的丈夫，我必得用担忧与恐慌把这唯一
牢牢抱住。当轻风吹送来阳光小麦般的香味
我们行走在环佩叮当的水边小径
我使劲排除不祥的预感方能把五月的鲜花尽种怀里
公瑾，我想你一定看到了我越睁越大越痛的眼
它们能盛放多少相聚的快乐就能盛放多少离别的哀伤
你一定摸到了我越跳越慢越凉的心
有一刻我甚至希望它永远停止以便我不再承受
你先我而去的事实——
亲爱的我宁愿走在你前面这样就了无遗憾！
我似乎已嗅到越走越近越真的死亡气息

它如此具象以至我一伸手就在你手上
握住了它。此刻
星月寂静唯有你的呼吸发出吸血的寒光。
沿着你的呼吸我攀援到战争的尽头
我清楚曹贼必败，公瑾必胜
吴国必胜
但我的泪水为什么还是滚滚而下？

2012 年 4 月 29 日 北京

德令哈归来重读海子

风吹天凉
雨丝像你的手
安慰我
我有过你的激情，你的狠
我也曾像你奋不顾身
像你一样
远走天涯

如今我来到德令哈
雨中的城
被你刷亮
寂静让我看到你的脸
被孤独喂养
你还给石头的石头
如今在我案上
闭上眼睛
就能撞见你的苍茫

青稞像草茂盛
无边的绿色，黄色
紫红色，时阴时晴
岩石下避雨的羊多么温驯
仿佛一群无辜的孩子隔着

死亡，望着我

德令哈

今夜，一只离群索居

的羊永生在

你的荒凉里。

2012 年 8 月 4 日 北京

早安，白薇

早安，白薇
露水中的小广场黑褐，清幽，苔藓茂密
早安，青石板台阶和无人踩踏的寂寞，寂寞的白薇
你好！
我来自漳州你爱人的故乡
我是杨骚故乡的诗人我代替杨骚看你来了白薇
我的前辈！
你和杨骚爱恨纠缠的一生我了然于胸过
不胜唏嘘过
心痛过不平过
无可奈何过
你我相距数十年但再漫长的距离也无法消弭你我之间的共同
我们都是女人！
都在爱中狂喜过绝望过
都被爱火照得光彩十足又被爱火烧得伤痕累累直至
心死。
早安白薇！
你打出的幽灵塔我还置身其中
你打出幽灵塔最后到达的却是余生凄凉的晚景
你蜷缩藤椅的白发身躯弱小，无助。藤椅是旧的
你是老的
你对一个来访的青年说，我的爱人在漳州。
那个青年姓杨，名西北。

那个青年是杨骚的儿子
却不是你的儿子。

2012 年 9 月 26 日　北京

辑四　在历史中 | 225

苏格拉底的麦穗

麦穗生长在苏格拉底麦田里
齐刷刷踮起脚跟的麦穗
毛茸茸的笑被阳光镀上响亮的金黄
没有一株麦穗是为了承受失败而种

你要我深入麦田，你说
这里有我最满意的麦穗

哦，亲爱的苏格拉底
我听到麦穗在麦田诵读春天的欢乐
或悲伤诗。
我这游荡人间的闲人
愿意在你智慧之光的引领下逐一物色
心花怒放的麦穗
心事重重的麦穗

我看到怀揣生命密码的麦穗在我走进的瞬间
沉默。被寻找的渴念驱使我预感到
那终将属于我的麦穗不会因为我的迟到
而萎缩
而倾向死亡

我推开青春的麦穗

我推开暮晚的麦穗
恰恰这一株正当其时的麦穗顶到了我的额头
我认出了那忍受我并测量着我的麦穗，唯一
的麦穗。

我终于来到了寻找的尽头当我荒芜的躯体
像麦穗一样挺拔。

2013 年 3 月 12 日 北京

成都，过武侯祠而不入

蜀国

在武侯祠演义一遍

以泥塑的方式

或坐或卧

或笑或泣

或刘或关或张

皆是可以想象

八月末。秋雨。秋风

微寒

人微颤

想蜀国气数已尽

纵使我入祠

也拯救不了

它

必然的灭亡。

2013 年 9 月 26 日　北京

过尼山

祈祷的人
尼山早已无丘，你的祈祷因此失效

我相信当年当日
颜征在曾祈祷于此，那时她年轻，脸颊羞赧
内心铺开秘密的呓语
一棵圣人的种子，在祷告中滑向躯体深处

时光急行也罢，缓走也罢
我来的时候圣人已经2565岁了
我知道他还将继续存留人世，年增一岁
我还知道，当我离开人世，我将不存。

凉风收起羽翼，过尼山
残阳突然飞起，过尼山
看啊，满车红尘中人，齐齐向右，张望尼山
他们终将相忘于江湖
各自回到各自的土屋

他们没有尼山可供寻访
他们此生的落寞，圣人也无法排解。

2014 年 01 月 16 日 北京

甲午年春，读《史记》，兼怀父亲

父亲，是你说的："孝始于事亲，中于事君，终于立身。"
所以这个春节，我不回去。

我就在异乡，读你，读《史记》
我日写诗一首："扬名于后世，以显父母，此孝之大者。"

父亲，若你还在人世，我必接你至京
饮酒，抽烟，品茶，这些，都是你喜欢的。

我必带你闲逛庙会，地坛、龙潭湖、八大处……
咱一一逛去。父亲你说，周公死后五百年出了孔子
孔子死后又五百年了，那个即将出来的人又会是谁

父亲，我知道司马迁已把这个名额抢了过去，他不推让
他不推让！

父亲，我如今活得像个羞愧
一个又一个五百年，已过……

2014 年 02 月 03 日　北京

铜雀台

存在着一个纸上的铜雀台
和事实上不存在的铜雀台

存在着一场三天厚度的雪
和事实上已经不再下的雪

存在着一个按图索骥的我
和事实上对历史无知的我

为何我偏爱在明代末年即已烧毁只剩荒凉台基的铜雀台胜过曹操击
败袁绍后营建邺都修建的铜雀台？

存在着"仰春风之和穆兮，听百鸟之悲鸣"的你和我
和事实上仅留在文字中"建高门之嵯峨兮，浮双阙乎太清"的铜雀
台。

2014 年 02 月 17 日

漳河水冻

车过漳河任老兄说那就是漳河

一片被雪冻住的冰河
太白太亮映照出我眼中的西门豹也白而亮

他就在漳河边往河里投进巫妪、弟子和三老
河边哭泣的女子，终于流下一生中最惊险的泪水

那是夏天发生在漳河的有趣故事
死里逃生的漳河，修渠、灌溉，泽流后世。漳河
我如今正经过你的视野，你春寒中将醒未醒的脸
闪现在我僵硬的相机里

你是一条有历史的河，因为你在邺城
我转两次车到此看你，因为你在邺城

任老兄开慢点，这桥忒短，很快就要过漳河

也许我可以把窗外白茫茫的大地叫作漳河？
雪中的大地和雪中的漳河究竟有何异样？请说出。

而雪沉默
而雪中的邺城沉默

雪中旷阔、凋敝的邺城，一片灰，一片白，一片灰白

我一来到邺城就有魏人之心了。

2014 年 02 月 23 日　北京

邺城汉柏说

在漳河水冻
邺城凋敝的冬日我想起那把我从太行移居此地的人
他埋我根后就放我自己成长（长成浑身骨节的老者）
他出口成章，七步成诗，才高，而颓废。

我想起拴马我身的人，他短歌行
长歌也行。他挖掘玄武池以训练水师，巧设转军洞
以迷惑对手，他如今安在？晨昏流转，我不识时间
只知太阳升起太阳落下月亮升起月亮落下，凡657000次。

不断加大的阴影不断加大着我的虚空
我暮年的回忆为什么总是始于曹植，终于曹操？

2014 年 02 月 24 日

西海子公园

（兼怀李贽）

白灰石面孔斑驳的假山聚集在门口的
西海子公园。

尚未被风吹倒雨淋垮的通州塔在远处矗立
仿佛看管着西海子公园。

手持红彩带跳秧歌的妇女，石椅上吹萨克斯的老汉
他们都有同样的赘肉归属于中年，哦，西海子公园。

李贽墓墨迹脱落的周扬题字，无人瞻仰的此时
此地，我来此鞠躬祭拜，我想问先贤——

当你执意割喉自刎也不愿被发配回乡
心里想的究竟是什么？哦西海子公园。

这个下午，狂风中齐刷刷抖动的银杏树叶
仿佛打起了醉拳，哦万头摇动的银杏树叶

在黄昏中是你们削薄光线，不断加重
西海子公园的沉寂，与荒凉。

2014 年 06 月 20 日 北京

白鹿原，参观陈忠实文学馆有感

自然是跟着陈忠实
我才来到白鹿原

但陈忠实在陈忠实文学馆里
自然是在陈忠实文学馆里
我才见到陈忠实

乡间的穷孩子
穿着磨秃了脚后跟的布鞋

乡间的穷孩子穿着磨秃了脚后跟的布鞋
追不上前头的老师和同学，但被随后急驶而去的火车
追上

那火车追上他，又抛弃他
那火车把一声长长，长长的汽笛丢给了他

火车火车
你这是要去哪里？火车火车
你要去的地方我也要去

我的一生不能就在白鹿原！

乡间的穷孩子咬着牙，踩着硌疼脚底的破布鞋
奋力追上老师和同学，他心中开着一列奔往看不到尽头
的火车，火车火车
我一定要追上你!

我的一生就在白鹿原，但已经不止于白鹿原。

2015 年 08 月 25 日　北京

集萧红语句以纪念这位天才女性

在乡村，人和动物一起忙着生，忙着死……
呼兰河这小城的生活也是刻板单调的。

严重的夜，从天上走下。她们全体到梦中去。
人间已是那般寂寞了！

2017 年 1 月 17 日 北京

茨维塔耶娃

"茨维塔耶娃是比我更出色的诗人"
阿赫玛托娃如是说。在她，当是谦虚
内心不一定当真，在我
却几乎就要同意她的断语。仅从短诗来看
茨维塔耶娃更打动我，正如她的诗句所言

"我是凤凰，只在烈火中歌唱"
情欲的烈火伴随了茨维塔耶娃一生

茨维塔耶娃经常迷失在心灵的迷宫里
这迷宫
由一个又一个她喜欢或喜欢她的人构成。

为什么中国迄今没有《茨维塔耶娃诗全集》
茨维塔耶娃看起来是一个创作力旺盛
创作量巨大的诗人虽然她只活了四十九岁

若无全集，则茨维塔耶娃是不完整的茨维塔耶娃。

以我读过的全集阿赫玛托娃
和选集茨维塔耶娃，两人个性完全不同
前者高贵，内疯狂；
后者激情放浪，疯狂四射。仅以短诗论

茨维塔耶娃更具陷阱的力量！

她用她狂野的爱挖了一个又一个陷阱
你不是掉进这个陷阱，就是掉进那个陷阱

也许茨维塔耶娃在生活中就像那个死缠
烂打的爱情至上主义者让人受不了但恰恰
诗歌需要这股劲，我喜欢的也就是茨维塔耶娃
诗歌中的这股劲

茨维塔耶娃有一首诗《寄一百年以后的你》
可以跟普希金的《纪念碑》对照着读，两个
对自己的诗作有着充分自信的人果然迎来了

他们诗作永不熄灭的光芒。

2018 年 4 月 1 日 北京

登鹳雀楼，愧对王之涣

与其说你想登鹳雀楼

不如说你身上的王之涣想登鹳雀楼

每一个中国人

身上都居住着一个王之涣

当然还有其他

每一个中国人到了运城

到了永济

都想去登鹳雀楼

与其说你登的是鹳雀楼

不如说你登的是王之涣楼

每一座被诗歌之光照耀过的楼

都永垂不朽

都亘古长存

这一日你登鹳雀楼

此楼已非彼楼，彼楼已被王之涣移到诗里

留在原地的，彼楼的肉身

早就消弭在成吉思汗的铁蹄下

这一日你登鹳雀楼

登的是一个符号，一个钢筋水泥的符号

黄河东岸

浩渺山川

倘无此楼，则鹳雀何处可栖息

天地以何为标志

黄河东岸、浩渺山川

倘无此楼

则王之涣如何慷慨有大略、倜傥有异才

则你到永济

如何以楼为鉴，照见自己的才薄！

2018 年 9 月 26 日　北京

趁夜入汀州

趁夜入汀州
趁夜爬城墙，找到
属于自己姓氏的那盏灯笼
熄灭它，让它合眼，睡个安稳觉
趁夜为榕树焚香，默祷，它斜向汀江的躯干
已历千年，千年不倒。趁夜说一说
多余的话，给瞿秋白
先生你"文人积习未除"，怎当得
铁腕领袖
趁夜层层展开，内心涟漪
你知汀州，天下之水皆东
唯汀水独向南
你爱汀州
八闽客家首府，"阛阓繁阜
不减江浙中州"
趁夜书信一封给路易·艾黎
告诉他：中国最美丽的山城
我已来过。

2018 年 11 月 10 日 北京

长河与落日

我们的目光不是钉子，不足以
把落日，钉在遥远的天幕上。谁的目光
也不是钉子，王维也不是
更何况长河在不出声地召唤，用着只有
落日才懂的语言，长河和落日是什么关系
为什么落日越靠近长河
脸越红
为什么长河也跟着脸红
我们纷纷拿起手机，只能这样了
把落日装进手机
把长河装进手机
把落日与长河的亲密关系，装进手机
我们不是王维
不能用一首诗把落日装进
把长河装进，把落日与长河的亲密关系
装进。我们不是王维
没有孤独地行进在西行路上
也没有一群守卫边疆的士兵等我们慰问
我们从天上来
来此乌海，寻找王维的长河，寻找
王维的落日，寻找王维的
长河落日圆
烽火台正在修补

烽烟无法修补所以我们看不到孤烟直直上升
我们被冀晓青领着来到乌海湖畔
乌海湖是截黄河之水而成因此乌海湖也是黄河
黄河也是长河
我们就在乌海湖畔看王维的落日如何落进
王维的长河，因为《使至塞上》
唐开元二十五年
亦即公元737年春天某日的那枚落日
一直悬挂在乌海湖上
至今不曾落下。

2019 年 9 月 7 日 北京

尹东柱故居

有一个人，他在龙井市
智新镇明东村等我，等我一步跨进
金达莱的秋色，等阳光
把他的诗照得分外明亮
一块块石头上的文字，朝鲜文
留给他们，汉文留给我，我们
挨个站在你面前
默读你的诗
默读你的人，瘦削忧郁的青年
胸中藏着愤怒的火焰
在反日民族独立运动中被捕
被注射海水，永诀人世
仅二十八岁
但文字不朽
青年留下的一百一十七首诗，至今依旧
温暖着朝鲜族诗人

要合照了
他们突然齐声朗诵你的诗篇，语调悠长
伤感，一个诗人就在这样的朗诵中站起
尹东柱，虽然我听不懂他们的朝鲜语
但我听得懂他们对你的敬仰
对你的深情

你是朝鲜族伟大的诗人
"热爱所有将要死去的东西"，之后
继续走你，"命中注定的路"

我们也要走在我们
命中注定的路，这路上有光，自诗歌的中心
发出，这路上有你、你们
在前面引领——

每一个不畏强权、反抗侵略的人
都值得我们热爱。

2019 年 10 月 23 日　北京

奔赴郏县

是处青山可埋骨，他年夜雨独伤神。

——苏轼

雨
在柏树间寻找放它们入尘世的人

五百八十八株柏树，侧向西南，以至夜色
也跟着侧向，以至夜色中的雨，也
有了一幅，西南的面孔

西南，西南，眉州的方向
故乡的方向！但你不是已命名此处青山
小峨眉了么

这是你自己选定的归宿地
郏县，茨芭镇，从此多了一个以你姓
为姓的村落：苏坟村。又深又厚的泥土

先是有了你，再有了你弟弟，然后
有了你们的父亲，有了你们的亲人
又深又厚的泥土，适宜埋尸种骨，适宜

夜雨，也适宜清风。这是郏县的荣幸

世界之大，是郏县，而不是漳州，被你选中
以至我高铁奔赴，前来瞻仰

先生，我来看你的时候
神道上的望柱、石马、石羊、石虎、石人
已磨损得很厉害，黄土垄中，想必你也

早已无存。但这有什么关系呢？
你又不活在一具躯壳里，你活在你的诗里
词里文里你的大江你的明月里，你活在——

每一个千里迢迢奔赴郏县的我们里。

2019 年 11 月 17 日

昌耀诗歌馆

从孔庙中辟出一小方庭院仿佛
寄居在孔子家中的你，昌耀。

白色大理石半身塑像的你
脖子上裹着鼓鼓的哈达，白色的哈达
黄色的哈达，你目视前方，让我想到

前方灶头，有你的黄铜茶炊

初秋的丹噶尔，来往着不多的游人
拱海门下，已无王公头人祭拜西海
古街两旁的店铺，首饰、手链颓然卧于
案上，并无高亢的店主吆喝，一切寂静

寂静。孔庙和寄居孔庙的昌耀诗歌馆
寂静。双手合拱立于大成殿前的孔子
寂静。额头光洁、脸容严峻的老昌耀

寂静。只有古树热闹，枝叶茂盛的古树
结满了密密簇拥的果子，果子名 "看瓜"
我们仰首望树，感慨果子如此繁茂
与昌耀诗歌馆的寂静恰成反衬

我们不远千里，来此寂静丹噶尔城
来此寂静孔庙，来此寂静昌耀诗歌馆，无非是
围坐于昌耀塑像下，合影，默祷

再作鸟兽散……昌耀。

2020 年 9 月 30 日 北京

在射洪，致陈子昂

我并不能安慰你的孤独
我的到来对你而言等同没有到来

但我需要你的孤独来激励我的不孤独
当我伸手向你，你手中的笔越发举向高处
那是虚无在虚无处沉默建立的天界，是你

永远书写不完的纸页……天地浩渺
宇宙洪荒，你选择它们为你永生的居住地
以抵抗你在尘世的茫无所依。志在报国

的人啊谁能听取你的谏议？！你忧愁
你愤慨但终究拿腐败的朝政没有办法

于是你以笔为武器，以诗文为子弹
向绮靡的齐梁诗风发起进攻，只能这样了！
那些试图建功

立业于本时代的人无不流芳千古
于后时代的文章声名，这是历史的吊诡

也是命运施加于才华卓著者的福报。在射洪
在子昂故里，胡亮和我谈及于此，既嗟且叹

且庆幸——

诗神终究以自己的方式厚待他的子民

"公生扬马后，名与日月悬"
后来者杜甫如是说。呜呼，子昂，吾今来此射洪
吾才不及你才
吾志不及你志，吾悲凉不及你悲凉，但吾确曾

在射洪少年的吟咏声中怆然涕下
那个下午，风微寒，光微凉，射洪中学的舞台上
射洪少年慷慨诵读你的《感遇》诗篇

"本为贵公子，平生实爱才"
我忽然止不住痛哭失声……

2020 年 11 月 6 日 北京

彭公祠

一个福建人
在异乡遇到另一个福建人
一个福建人冒雨前来仿佛为的
遇到
另一个福建人，一个福建人
在你面前顶礼
祭拜，内心有一种欣喜。她看见
自己的老乡被立祠
供奉，便也跟着激动、自豪有如
被唤醒了思乡的情愫。一个
福建人和另一个福建人在慈溪
毫无预感撞见，便以为自己有了
写下这奇遇的责任

她先是在你的塑像前问安
祝祷，以同乡人的身份，再默默记下
你的事迹——

整盐事，革流弊，逐盐霸
换盐官，使盐场恢复生产、生意兴旺
最重要的
让盐民的孩子可以读书、赴考，有了
改变命运的机会，由此深受盐民爱戴

被尊为再生父母

这老乡姓彭名韶，字凤仪
号从吾，天顺元年进士。福建莆田涵口人
现永久居留鸣鹤古镇

2020 年 11 月 30 日　北京

丛台，想起赵武灵王

一天中两次站到你面前
手中的米饭依然没有送出去

你已被饥饿攫住，饥饿一寸一寸割你的肉
噬你的心，你无一粒米一口水下肚，饥饿

不知道，你作为它的口粮，即将死去，你即将
死去饥饿不知道。你死了，饥饿也活不了但它

依旧在食你。你的眼前闪现出青春意气的你
一生中最壮丽的时光！你在你的大赵推行改革

你胡服骑射，把一个国家的战斗力无限提高
你灭中山国、征服北疆，扩大了国家的版图

你健步登上武灵台，钟鼓管箫悠扬，等你
离座，歌之舞之——

美人舞兮临丛台，拓疆域兮展雄才
战骥嘶兮飞明镝，壮士安国兮旌旗开

你甚至乔装打扮，以使者身份混入秦国
在秦国朝廷当面考察秦王的虚实，这是

气雄万夫的节奏！赵武灵王，赵武灵王
你离灭六国、合天下不远了但死亡正向你

逼近，死亡带着你的妇人之仁正向你逼近
传位赵何的你竟然对被废掉的长子章心怀

恻隐。你竟然心怀恻隐！这是为王之大忌啊
我的王，你分国土予长子你使一国有了二君

你真糊涂！你最后命丧沙丘又能怪谁
你被活生生饿死又能怪谁！你曾拥有

一个国家临终前却连一粒米
一口水也没有何等残酷的惩罚我的赵武灵王！

我站在公元2020年的北京，手中一碗米饭
始终无法送到你口边，那公元前295年悔恨

交加、绝望的口边！

2020 年 12 月 7 日 北京

在邯郸博物馆读李白写邯郸诗

这一日
邯郸城迎来了一匹白马，有斑点如花
镶嵌马身，有一人如李白，骑乘马身
他被酒浇灌过的躯体
他就是李白！他挥鞭驱赶一柳树的春色
痛快啊，春风跟随他的坐骑奔跑又奔跑
他有明确的目的地：丛台
只有登临丛台，方可一览赵国山河，赵国
赵国，赵国还在吗
荒草住满了荒废的宫宇，曾经的七雄之一赵国
只剩下残败的亭台楼榭和不知人事悲欢的草木
茂盛。回想当年
也唯有赵国才有力量和虎狼之秦较量几下
那是多么意气风发的一段时光，蔺相如
廉颇，一文一武，互相敬慕
为了国家大业蔺相如可以退让，廉颇
可以承认错误。还有公孙杵臼和程婴
一个牺牲了自己的性命
一个牺牲了自家孩子的性命为了忠良之后
赵氏孤儿得以存活。他们用他们的死
诉说了义之奥义！而毛遂
能在平原君三千门客中脱颖而出凭的是
智慧，和勇气，乱纷纷的战国

一切都在利益之间谋算，此国
攻彼国，彼国侵此国，最终都被一抔黄土
埋葬，甚无趣
由不得我一声叹息，伤感莫名。残碑依稀
留有前尘往事又有谁会一一拜读
我也只是匆匆走过我知道我也是短暂人世
的过客，我就是他们
他们就是我。我的赵国先贤啊我从大唐来
来到你的邯郸，我不颓败
我依然要去往燕国去瞻仰那萧萧易水之地
漫天大雪夜喝完这口酒我就启程
我也有贾谊的平胡妙计晨曦看得见，我也有
建功立业的梦想急欲施展！

2020 年 12 月 9 日　北京

屈子与汨罗江

夜晚来到汨罗江
一片心惊，江面比想象中旷阔、荒凉

无灯的桥上
卡车轰隆隆驶过，脚下的大地
在震颤。汨罗江、汨罗江，你
比我到过的任意一江来得沉重

阴郁！

你沉过一具
伟大躯体的水此生再也做不到
无知、无觉，当他走进了你而你也
接纳了他，用死亡的方式

你是一条与死亡建立联系的河
他已用他的死改变了你的命运

他也是一条河，一条
文字开凿的河，其实他一生的
期待无非是与他的王、他的国
相依共存

但他不曾如愿

他被他的王遗弃、流放

至汨罗江。他像撰写遗书一般

记录下的身世感慨、他悲悼郢都被秦军

攻陷、他向天发出的质问……纷纷涌涌

构成了一条现实主义写作之河流传至今

这一个悲剧中的悲剧中人用他的死

使一条江，从无数条江中区别出来

2020 年 12 月 16 日　北京

蔡甸，谒子期墓

烈日下的行走
只为来到你的面前
马鞍山南麓，凤凰咀上
你永久地安息于此
高山流水
已随摔碎了的瑶琴成为绝响
峨峨乎
洋洋乎
若无子期，何曾有伯牙
伯牙用终生不复弹祭拜你
我用什么

2021 年 7 月 29 日 北京

后记 | 你无法模仿我的生活

1969年2月24日我出生于福建省漳州市龙海县石码镇，这个小镇也是著名诗人舒婷的出生地。由外婆养到四个月后被父母接到漳州市，但回石码依旧是童年我的最爱。外婆经营着一辆卖零食的小推车，早晨推到镇中心圆圈摆摊，傍晚推回锦江大码头。手推车很沉，瘦小的外婆双手拉着勾环，一使劲，就能把手推车抬起来跨过家门口的小台阶。外公在菜市场当出纳，吃公家饭，但微薄的工资养不活一家十口人，一家老小的生活基本靠外婆的双手。这些，被我写进了一首诗：《给外婆》。

母亲是外婆的长女，忙碌于一家的家务事，每天都要端着全家人的衣服到锦江浣洗，又得帮助带两个弟弟三个妹妹，在家里基本没时间复习功课，尽管如此，她依旧是班里的尖子生。中考时她所就读的龙海一中特意选中一批优秀生直接升高中，不优秀的则考中专，但母亲升上高中才读一个学期就遇上"文化大革命"，成为新中国历史上著名的"老三届"一员，这是1968年的事。这一年母亲和父亲结婚，留在了城里，大舅则响应号召上山下乡去了。现在有必要说说父亲，父亲两岁时丧父，寡母带着他嫁给了第二个丈夫，从外地搬到了石码，恰好和母亲一家隔街而居，两家互相望得见。父亲不是一个爱读书的孩子，贪玩、调皮，书读得不好，小学毕业就辍学到漳州轴承厂工作，后参军入伍。父亲比母亲大五岁，基本上是看着母亲长大的，母亲体格娇小、眉目清秀、漂亮，父亲很是爱慕，看到母亲无书可读回到家里，父亲自然展开攻势，两人的结合也是顺理成章事。1969年，我出生。

我一直认为自己继承了父亲的写作天赋，父亲当兵时就在《解放军报》发表了一篇微型小说《郑连长的旅行包》，他很珍惜地剪贴到一本笔记本上，笔记本上都是父亲写的散文，他的字体我还记得，向右斜，刚劲有力，母亲说父亲曾学过毛主席的字，确实有点像毛体。

遗憾的是笔记本后来不知所终。父亲当兵八年后因部队要从福建换防到山西，他不想远离故土，就复员回到原先工作的漳州轴承厂，后又调动到漳州茶厂，当了保卫干事，此后便放下了笔拿起了酒杯，余生最爱是酒，这是另一个话题了。我识字之后就开始读父亲从厂里借回的书，《林海雪原》《暴风骤雨》《雨后青山》是我记忆最深的三部。小学时每当写完作文就会让父亲看，父亲就帮我修改，有一回父亲往我的一篇写市场的作文里加进了一个词"热闹非凡"，这个词被老师在班里大加表扬，我感到很羞愧。多年后我以一首短诗《父母国》记录了父亲和母亲的人生际遇。那时我已是一个北漂。

和大多数作家相似，我从小就爱读课外书，作文总是被老师当范文在班里念。这些其实也都大同小异，无甚可述。1986年我考上本地最高学府漳州师范学院中文系，参与编辑班级刊物《星贝》、校刊《九龙江》，同时开始文学创作，写过诗、小说、散文，1987年在漳州市文联刊物《芝山》发表散文《家乡的小木船》。大学毕业后被分配到一所乡村中学任教，其间参与撰写《浦南镇民间文学三套集成》。以上经历皆可视为文学练笔，是一个写作者最初的稚嫩足迹。1992年，我应《芝山》主编杨西北之邀参与编撰《中国当代爱情诗鉴赏》，认识了诗人道辉，方才开窍，始知何谓现代诗写作：1.现代诗必须先有语言的自觉，亦即打破俗常的、教科书灌输给每个人的语法结构，而另立自己的语言系统，诗人是万物的立法者，有重新命名万物的权利。2.现代诗也必须有思想认知上的现代意识，不服从陈规陋习，追求人的自我价值的实现，追求人与人之间的平等，有爱心，有包容心，有对他人、他物的尊重，等等。我的写作由此打开了新天地，全新的语言系统带来全新的生命意识和创造的喜悦，每一首诗都像新生的孩子一样让我迷醉、狂喜。"诗歌彻底渗入她的血液骨髓，致使每个器官成为诗的一部分"（陈仲义语）。《明天将出现什么样的词》被视为我这一阶段的代表作。这首创作于1995年或1996年的诗作在《诗刊》

1997年1月号首发后很快引起关注,诗人追求词,女人追求爱人,词与爱人的关系就是一个女人处理写作与家庭的关系。这首诗有它的普适性,适合每一个写作者,无论男女。

2002年12月,我的生命发生了一次重要的转向,它因诗而起,也因此改变我的诗歌写作方向。此前的我被称为长诗福建安琪,此后的我则为短诗北京安琪。长诗福建安琪激情洋溢、富有才华、狂妄自大、以大师、以文学史为写作方向,在写了一百多首长诗后终于像核爆炸一般把自己发射到了北京。是的,北京,一直是文学青年的梦想之地。我也不例外,我已经不满足于在故乡漳州终老一生了,我想外出看看,过上和母亲、外婆不一样的人生。于是辞职北漂,成为800万北漂大军的一员,像水融入大海一样融入了北京。那一年,我33岁。

除了诗一无所有的我在北京遇到了巨大的生存压力,我绝非一个智商和情商高的人,在故乡我有安稳的工作和家庭,我的弱项没有显现出来,如今孤身一人来到北京,便原形毕露,不善交流、性格软弱、冲动易感,让我在茫无际涯的北京恐慌不已,所幸我有一帮诗人朋友,他们提供我一份安身立命的工作,保证了我在北京的存活。这一阶段我的写作以短诗为主,近乎日记般记下了我的困顿、迷茫、悔恨、绝望……诗成了我低沉情绪的出口,使我不至于走向抑郁。倘无北漂,我写不出《七月开始》这样的诗作,其中用"房东在想她的房租"来比喻"想",极易引起租房族的共鸣。这来自生活的真实有着赤裸裸的残酷。2007年10月,我回家乡福建住了一个月,距离我北漂已有五个年头了,这五年,我极少回乡,在京过得不如意,深深体会到项羽不敢过江东的心情。在家乡的这个月,朋友们轮流做东宴请我,百感交集中我在厦门妹妹家里写下了短诗《极地之境》,全诗用对比的手法写出了离乡的我和留在家乡的朋友状态上的不同,写出了在家乡的我和离开家乡的我的两种心态,写出了为了梦想离乡背井的我终于触及梦想,但这触及其实饱含着痛楚的悖论,全诗只有14行,容量极大，诗外的蕴藏深远，在"漂"成为现代人生存重要方式之一的语境下，本诗引起的反响十分强烈，许多批评家推荐、导读，定义它为新诗中的《回乡偶书》(唐，贺知章)，《极地之境》已成为我最广为人知的短诗代表作。

整理这部三十年诗选对我是个难题，尤其像我这样风格变化多端的人。一直以来我深为自己的风格多样而苦恼，自感是个面目模糊、定位不明的人。抒情？意象？口语？都写过。并非我喜欢变，实在因为一种风格的诗作写到一定程度，就再也写不下去了，或者说，就越写越差了，只能变了。2015 年 10 月在作家网"作家访谈"栏目采访洛夫先生时曾问过先生一个问题，"如何才能保持创作力不衰竭？"洛夫先生回答一个字："变！"我也就暂且以洛夫先生的"变"来安慰自己了。

谢谢刘文飞老师的厚爱和鼓励，谢谢北岳文艺出版社继《美学诊所》(王朝军老师责编)之后又给了我这一难得的出版机会，这是一次检阅，也是一次全新的开始。

2021 年 7 月 29 日　北京

安琪

本名黄江嫔，1969 年生。
当代著名诗人
曾获柔刚诗歌奖、中国桂冠诗歌奖、新世纪十佳青年女
诗人等奖项。

代表作品

诗集
《奔跑的栅栏》
《像杜拉斯一样生活》
《极地之境》
《美学诊所》
《万物奔腾》
《未完成》(长诗选)
《秘境之旅: 内蒙古诗篇》

随笔集
《女性主义者笔记》
《人间书话》(第一、第二辑)

有度文化　　　　北岳好书

你无法模仿我的生活

出　品　人丨郭文礼　　　选题策划丨刘文飞　　　责任编辑丨赵　勤

复　　　审丨刘文飞　　　终　　　审丨古卫红　　　书籍设计丨张永文

印装监制丨郭　勇

项目运营丨有度文化·刘文飞工作室　　　投稿邮箱丨liuwenfei0223@163.com

微　　　博丨http://weibo.com/liuwenfei0223　　　微信公众号丨YOUDU_CULTURE